你是盛放煙火，而我是星空

張馨潔──著

目錄

推薦序

愛的盜火者

周芬伶

已經很久沒幫學生寫序，說好說壞都不是：散文尤其尷尬，過於透明的文體，說太多顯得露骨。這本大抵以愛情為主軸的散文集，似乎是加密的情書或告白檔案，真的可以解鎖嗎？

學生的祕密我常事後從他們的文章猜知，一向不主動問，也不評斷，保持一些安全距離。馨潔在那場十年之戀中逃離母親與師友，我與她總有五六年斷聯，她將自己屏蔽，連閱讀都放棄，遑論寫作？別後第一次相聚，她已三十歲出頭，相別十年，見人低頭，說話聲如蚊聲顫抖，美麗大眼中閃現驚恐神色，那些年到底經歷了如何恐怖之事，我不敢問，她選擇性的說了一些，但也只有一點點。

感覺這女孩跟受家暴或創傷後症候群類似，會來找我就是想好起來，能不接住嗎？

記得初見她的模樣，大一拿文學獎，成績常是全班第一，老師們常誇獎的模範生。

嬌小的個子，一張明星臉孔，穿一襲白色有荷葉的長洋裝，像長梗白百合，梳公主頭，日系的淑女打扮，卻有一張西方美的臉孔，強烈的五官，說不出哪裡不協調。她站在人文大樓的走廊上，看到我甜美的笑著點頭，這麼美好又這麼年輕，將有如何燦爛的未來？我暗自驚歎，忘記那不協調感。

那不協調感，是另一個靈魂裝進看似安全美麗的身體嗎？

十年之間她那不安全的靈魂逸出，顯現混亂與閉鎖的狀態，因此不要求說明也不勸說，就要她來粉圓班寫作，許多友伴與刺激，越寫越好，一年後得獎出書，從書中猜知一些情事，整本書談的都是貓，愛情那篇模糊難解。也許有人認為她出書太快，我覺得是被愛情耽擱太久，她是學生中較早開始寫作得獎的，根基一直在，從早幾年〈鵝黃色的光〉就可看出她的文字特有的華贍與縝密，只是她的情關太難了。

有些人只是寫，有些人一面書寫一面修練，她是修練完成揀到文字，就地畫出她的心靈歷險。

一直迴避的愛情在這本書終於面對，雖不全面，但她對情感對人生的啟悟，可說從血淚中得來，字字入心，金句連連。譬如訴說「愛是自我消蝕的過程」：

流逝仍在。因而，每次離開他，你總覺得自己又少了一點點，持續的一點點、一點點，像是機器磨切金屬時發散的火光，銀色的合金碎屑，散落在機車後座，或是捷運車廂，還有路旁鋪上磁磚的人行道，粉質不扎肌膚的持續遺落，誰看見了你越來越透明，或是越來越不完整了？以終止回推，時光機靈的分配每個遺落的時機，再也沒有再見的時候，或是沒有念想的時候，風會帶走最後一粒沙。

這樣的消蝕漸漸走向無我、非我、異我。在那個透明的半空世界，擁有等同失去，夢想等同幻滅，有愛與無愛同義。「生命中感到最美好的一天，是不曾發生的那一天。」我印象最深刻的戀愛。是我們沒有談過的那一場戀愛」，這已不是虛無所能訴說，像是羅蘭巴特《戀人絮語》中解構愛情，其中有女性的哲思。她正在剝離，形成自己的第二時間，那失語的十年是第一時間，讓她倉惶奔逃，常恍惚的回到母親住處，偷偷觀看她的生活，或走一遍她的日常路徑：在馬路當中奔去搶救快被車撞上的流浪貓，抱養牠們比自己更嬌貴。她忘了要愛自己，也忘了自己，以至在那地宮十年中，她變成善於遺忘的人。「或許，人際間最大的恩典並非被記憶，而是被遺忘」，她信奉伽達默爾，個體與世界走向統一，同時走向分化，人的身體上存在他者，如此分裂，如此痛苦。這才能讓人在他者中看見自我，如那掩埋地底千古之前的祿豐龍，他們帶著的巨大痛楚如此難被理解，它是生命即傷口的隱喻，必須掏挖出來；或是在《地海古墓》中的轉生女祭司阿兒哈，五歲被帶至神廟，與親人隔絕，因此擁有不滅的靈魂，只有她能在黑暗中看見一切，最終找到自己的真名後，確認自己的身分，然後走出地宮不再回頭。原來想要遠離黑暗只有通過黑暗本身。在〈最遠的路徑〉中可以找到她走過的十年，那是一場心靈的長途黑暗之旅，也是炭治郎的滅鬼旅程，而「阿兒哈」並非一無所獲，她得到真正的領悟：

如絕對的光或絕對的黑，那樣安靜的涵容一切，因為識得的過程必然有所犧牲。並非容許自我被傷害，而是明白傷害也是關係中的一種可能，無所回應也是一種回應，在人生中靜待認明其中多層的含義。

因此，她不悲觀，還特別寬容。她總是為別人的錯誤找理由，並輕易的原諒。如此她形成強韌的自我，並越來越有信心，如今她笑靨如甜霜香花，氣定神閒密密織著文字。

現在的她跟一般正常女孩一樣談傻傻的兩小無猜戀，搞笑的一面漸漸顯露，天兵之事談也談不完，感覺她漸漸好了，一切黑暗都過去了。事實上不管她跟誰在一起，都是自己一個人，她在也不在，她指出人生是一道道缺損，然後告訴你這些都是珍寶，這是矛盾或弔詭？那些還沒開始的戀愛，那些還沒想起來的悲傷「不是遺忘，而是還沒想起來」，那些不知後悔，無從後悔的感情，關在地宮中找不到出口，難以啟齒，羞憤不已的十年之問，仍是沒有回答，或者永遠沒有回答，那都不重要了，因為她已找到訴說自己的文字，因此這第二本散文的意義，於她特別重要。在那場鬼的旅程中她找到文字，文字就是她的真名。

這本用甜美書名與篇名包裝的散文集，因此具有多層含義，它是愛情書、性靈書，也是符號書。

她像愛情的盜火者，以犧牲自己，成就文明：而愛情是如此原始陳舊，連訴說都沒有新語言，愛如巨礦，亦如頑石，她只能挖開礦脈，照明一切，讓它自己成為語言或藝術。因此她有十幾年的失語期，疏離自己，成為他者，並與主體頑抗。

這讓我想到莒哈絲，她一再書寫的童年與愛情，流成一條河、其中滾動的只有母親。馨潔書寫愛情一直存在異於己者、非己者、不得已者、不由己者的錯位，愛在、人在，但沒有真正的出席，永遠缺席，這是她的一面。

她的另一面是會吃（超會買甜點的糖人）、會玩（去日本狄斯耐過生日）、插西洋花（她說要追求油畫感）、拉大提琴（獨自演奏四小時），仿如中古世紀城堡中的公主，垂著長髮辮，穿公主風的衣服，過著略優渥的生活，別忘記她獨力經營一家補習班，經濟獨立十幾年，是我見過少數很會賺錢的中文女子。

這一切豈不矛盾？我們不得不承認一個人容得下兩個靈魂或以上。

通過文字她貫通一切，更加認識自己，她常一面寫一面痛哭，然而我們只看到從容靜定。

隱約、微細、氣韻，如夜鶯歌唱直至泣血，其中有散文新舊交織筆路，如六朝文般得華贍神韻之美，又如新葉脈紋，繡花針腳，初讀不易進入，進入後鑽進紋理。

要說抒情美文中的愛情書寫，在以親情為主軸的散文傳統中，一直受到漠視，愛情難寫，好的文字都被寫光了，現代散文家如蘇青、張愛玲、蕭紅已被談太多，莒哈絲都走了。她更像是向田邦子，一面叨絮日常，一面說：「人類這種生物都是藏著各種心情在生活。大家都是抱著如果刨開肚子、掏心挖肺，會面紅耳赤無法出門見人的心思過日子。只好掩蓋自己的心情，走一步算一步，自欺欺人的活著。大家都是這麼活過來的。」她把人性看得太透了，然而在愛情上堅持「一輩子一次就好，我想談個戀愛」、「井聲替代戀情悲，身有限而情無盡」。

在新世代散文中書寫愛情較深刻的女散文作家如鍾文音、李欣倫、言叔夏，同志作家如邱妙津、郭強生，他們對情愛的書寫是亂世中的高音，延襲著獨抒性靈的美文傳統，重點在性靈，沒有靈氣的愛情書寫更是惡俗，大智若愚的馨潔應該列在這系譜中，這是阿兒哈的真名——恬娜。符號。

推薦序

肉身煙火

——略評張馨潔《你是盛放煙火，而我是星空》

崔舜華

我幾乎不知道該如何形容張馨潔——一方面，是我們猶如雙生姐妹的親暱交誼——每次好不容易見面，我們緊緊擁抱著彼此，互贈花珠：我感受到她瘦骨嶙峋如危崖之花的腰背曲線，她則緊緊用細瘦雙臂抱住我日益豐腴的肩背。我總是添了幾分彷彿她又總減了幾分，她噙著晶澈變色片、猶如星石的眼瞳，迅速的隕落在我的眼眶裡，像溫柔不可抗的天外流星。

另一方面，則是她本人所具備的、兩種極端且頑抗的拉鋸張力——甜蜜與堅硬。巨大的溫柔與鋼焰般的實踐能量。以及，那溫柔美妙纖細的雪膚墨睫底下，存在著的核桃般堅硬的蕊芯。

若是她佇立在一場地震的震央，我們將聽到那核果喀啦喀啦搖動的細音，以及她擁有的一副如水霧柔弱，如提琴嬌嫩，如霓羽單薄的身軀。

馨潔養花，豢貓，喜甜食，不沾酒氣，她是那種無涉人間煙硝的存在，如林中之象，如湖面天鵝。她拉琴，大提琴彷彿是為她天生的纖細骨架而量身訂造的那種存在。（我曾對她說過，如果明天就要死去，我多想親眼見她演奏一回拉赫曼尼諾夫，而她也鄭重的遞出了允諾。）

她習琴多年，幾乎沒有在他人面前拉過琴，單單只有她心愛的貓貓們曾有幸聆聽她的獨奏——

我喜歡拉大提琴時，那擁抱的姿態是那樣的寬厚。身體被撐開以包容樂器，無防備的伸展，琴背傾靠，猜疑卸甲，胸懷也一起開展，邁向群眾，漫向演奏空間，或整個地球。琴身隔著胸膛共振，胸骨後心臟被血液包裹，持續的篤篤躍動。大提琴以琴腳插地，生根，從造物重新回返成為一棵年輪生長的樹，開散的枝葉感受陽光與風雨，享盡天地的餘裕。

除了她與她的琴，關於馨潔的一切我都依偎著熟悉。由於對彼此實在太熟識，所以，當我閱讀這部散文集時，竟有種無言可說的彷彿偷窺狂般的猥褻自懺之感，但，我逼迫自己歸零為讀者，放縱自己既可陷溺於那濃密馥郁的自描裡而讀得過癮，卻又同時深重的心疼於她的誠實、細膩、柔軟，和太多太密如臟器贅瘤的體貼與妥協，灼得人脾器疲瘦，燒得人雙目欲淚。

但她終究是跨越了那一座擊壞如碎坷的土丘，赤著腳橫渡涉那滄浪之水，濯其裸足，光潔如茭白，細滑如初雪。如披袈裟、履冰層地，她如是寫道：

那令人執迷的短暫交會，你以為自己能甘於永久的，但長情仍有限，有時你往後一站，不經意就站到對方的視線之外。……人們永遠都不知道相處最後一天是什麼時候，你隨口說著，繞過他身旁，他認同的點了點頭。沒有任何徵兆，幾個月後再想起，那天之後你們竟也沒有再見面。

她以細嫩如薄霜的膚表赤足行過極其粗礪之的荊棘窄徑，而那荊刺與枯藤編織的王冠，僅供識得愛的險途之人加冕。

走過了愛情又走進了愛情，而戀愛的沿途往往有花。鮮嫩花身頻繁得如同水晶雪球，迎著微風搖動，便熠熠的承擔春陽且綻開顏頰。

佳人怎能無鮮花加持？馨潔也常送我花，她送我的花往往是新鮮的猶含著鬱鬱水氣的新鮮花束，一如她在文字中所歷歷數算的美好馥郁眾芳名——珍妮白桔梗、庭園法式第戎玫瑰、吊鐘百合桔、小欖柳、小飛燕草、符號金玫瑰、泡盛、蔓荊——她仔細的審視從含苞，綻放，乃至萎謝的過程——

緩慢的萎謝，像綻放的速度那樣，只是一顆半開的花苞，從視角之外一處小地，練習向外延展的角度，讓橘彩從花瓣逐步轉淡過渡鮮黃，在花瓣之後畫出兩道直紋，如挺直的背脊，勾出昂挺的線條，在時間中走了好一會，才走入你的目光。

……

上個冬天我等待著三種花，金合歡、白頭翁、鈴蘭，最後我只遇見金合歡。

上個冬天我等待一個故事，最後無所著落。

愛至盡頭，便是荒園一座。以至於最終，花終於也成就了涅槃般肉身，透過掏心的餽贈與寓意歧繁的花語，下方這一小段文字，簡直便是「張馨潔」贈予自我的預言，並同時慷慨的分贈所有愛她、識她且讀她的人——

我想送你一束花，我想給你一個新的名字，我的名字。我想告訴你，關於一束花的先後離席。

對於時間本身，張馨潔也毫不吝惜的慨捐，具肉身，以及補給品一盒：盒內有黃昏曖曖如絲的餘暉，有傍晚家戶煙火的氣息，有對於漫漫長夜的企盼與慌張，是故她寫下——

總覺得傍晚是一些賸餘的白日，賸餘的夜晚，像是倒進瓶子裡的補充包，往往有所畸零，只求盡快且奢侈的消耗，最好有如不曾存在。人潮趕忙的腳步中以及回堵的車陣中，慢下腳步的人總有些尷尬。

大風吹，吹傍晚不知道要去哪裡的人。

她從黃昏寫至深夜，又從夜深寫至凌晨，極其有耐心的描述每一個時間刻度的感官饗宴：光調，色調，音調，這些不同的調譜造就了她更強韌更吹彈不破的核心。她將時光切碎、烹調、燉煮，觸唇淺嘗，便知曉了時間內部正有著萬花盛綻，正盛放稜鏡萬象——

……成為握有權力的最高者，常會擁有身在福中還不知福的孤單。只為自己而活的人，令生活本身就是一種悖論。雖白天難以覺察這種心緒，我奮力的向前衝刺，夜晚則必須反芻這些光明帶來的後座力。面對過往，雖並不為人生中的任何選擇後悔，因如今看來也並未有其他更好的選項，只是，對於所有人事並非毫無虧欠。

……

所以更多時候只能選擇早睡，只有與床重合才覺得實在。隔天又是新的世界，像是小說中的孩子，在混雜現實與想像的歷程中與惡勢力搏鬥，下一幕他只是睡眼惺忪的醒來，無法確定昨晚的事，是現實或夢境，還是介於兩者。

終究，《你是盛放煙火，而我是星空》裡，煙火不過是日常微細的情緒爆破，正如她在第一本散文集《借你看看我的貓》裡，關於貓的書寫的延續：三隻小貓依舊挨溺著她，以她為行星而旋轉跳躍，貓毛色光美一如歲月靜好。所以，她可以開啟她的一日，就像她無數次的魔幻般以教人安心的平庸幻術開啟每一天的初章——

尤其是早晨五點喝下第一口咖啡，那些陰鬱的氣氛，就這麼被嚴肅又苦澀的口感壓下。手機顯示電池電量已充足，處理晚上擱置的訊息、郵件與桌上堆疊的資料夾，把披散在桌上的衣物，放進洗衣機按下清洗設定。

這也是照顧自己的一種方法吧！家中開始一掃頹廢，連資料夾間的貓毛都被審慎拭淨，子彈整理術、斷捨離、減塑與環保、低糖少油，這些關鍵詞開始了它們的晨間簡報，喚出我人格中積極的那一面，繼續向整個世界，囂張叫陣。

（本篇引文皆來自《你是盛放煙火，而我是星空》）

輯一　你在，煙火盛放

關於那個晚上的我們，還不知道的一切

後來你們睡著了。早上你撥開他的劉海，親啄了一下額頭，他把字句連在一起說，朦朧的說十分鐘後再叫他起來，信任與撒嬌的。他在那裡睡著，巷子裡大車轉彎的警示聲慢慢飄上來，混雜在一起的各種音量，跟暈暈的日光攪拌在一起。

你扣除了原先預定吃早餐的時間，盥洗完將鬧鐘時間再往後調，坐在床沿看了一會他的樣子，卸下一切武裝的樣子永遠不會在記憶裡面目模糊，認真看過一個人像孩子的睡顏，便會從此看得見，那些將你揉碎的、使你困惑的發展走勢之後，他有一張永遠弄不髒的面孔。你能看見他的善良，善良包裹著他，沿著他五官與肢體的起伏，畫出稜線，勝過所有他的畫作，他是自己最傑出的作品，尤其在睡眠時，那些他人目光觸及不了的深夜，直至鬧鈴響起前，他都無須因為走入濁世而掩避那些他專有的光芒，連他都不知道的光芒。「你把我說得太好了。」他常說。

每當凝神暫忘了呼吸的那幾秒，你便能清楚的見到，所有的事物都在流逝。從指尖如細沙一般隨著風向緩緩飄散，隨著故事發展，而快而慢，但你沒見過這些砂礫停止流逝，更沒有見過它們回流，時光只掠奪，從不補償什麼。

趕稿與工作輪番忙碌幾天後，直至最後一日在凌晨稍微補眠，一早提上蛋糕坐上機車的後座。後來有陣子，你想到床便想到海，放眼不見陸地，水域深廣的深藍色海洋。原來那不是一般的尋常聯想，因為後來有一刻，你想起他的被單是一片鯨豚游泳的海洋，原來有些事情印在心裡了。

那些隨著流沙飛逝的細節，一定在腦海裡有一份副本，藏在連自己都不知道的地方。而偶爾，某些像是從鑲槽中突然掉落的碎鑽，在餘光中墜地，你無法不返身去找，不去拾取。本著一份不忍，因為那多麼可惜，雖然可惜的事不差這一件，但那多麼可惜。

有那麼幾個時刻，時間施展幻法。

包含你，包含你們靜止時。

一次母親至插花老師家學習或者談話，你被放在五坪的小和室之中，格子拉門關起，你維持著剛剛學長輩們跪坐的姿勢。時間不知道多久，陽光緩緩的滑過木製矮桌，你沒有推開門去找人，儘管你可能被忘記了，卻沒想過可以那麼做。當小腿發痠時，側著身坐上榻榻米，如果有張紙能夠畫畫就好了。不知道是多長或多短的時間，說起來很短，卻又似乎很長。你記得母親帶你回家的路上，天已經黑了。

如果沒有相對應的參考值，比如一顆逐漸綻放的花苞，比如一戶傍晚便傳出菜香的老公寓，房間內的你將無從得知外在的變動，不知道的事物，在主觀上來說，是不存在的，對嗎？所能得知的，只有截斷前後空間與時間的這個房間，如同漂浮於漫長無盡的永夜中，只是後來，你睡著了嗎？

後來你們都睡著了，睏倦襲身時，你窩向他身邊。昨天他也坐在一旁看著你睡著的樣子嗎？你悄聲問，依稀之間他嗯啊了一聲。昨晚他還沒有睡意的時候，你才沾到床又感到前些時候那些被工作占據的睡眠，一分一秒壓了過來，黃色的立燈與宣紙燈罩，抵禦著窗外無星宿的黑暗，在他的眼幕下，你覺得安全，你們互相注視了一陣子，沒有交談，直到他說睡吧，你迷迷糊糊闔上眼睛，夜半再醒，他已在你身旁。

房間在永夜的黑紫色光亮中，是一顆閉起上下眼瞼的瞳仁，拒絕接受光亮，也不反射任何光芒，拒絕看清楚任何事物，也為著不被認識而感到安好。世界化外，闃寂的四方牆，與你們無涉的事物，任其茂盛扶疏，房內的你們仍願一無所知。

後來有一刻，你想起他在如同奶油抹面內的蛋糕，那柔軟的一面，軟昵的聲音，有時候記得，有時候忘記了，但下一次還會再記起。你喜歡無話的時候，雙方攤開的手掌，並躺著貼合著床面的背脊，望向房間的上方，看見你所帶來的一切可見、不可見，空氣中的懸浮的分子，指緣、門把、珍珠髮夾（「給我一個屬於你的東西。」他說），那些你用腳步踏過的泥土，還有開啟門窗迎面撲來的風，牆壁接縫中孢子生發的氣味，路過早餐攤販沾染的油煙，咖啡與牙膏，你握著玻璃杯吞嚥的開水，水中的礦物質，經歷的氣味雜揉著。昏暗之中，你們的歷史與氣息，被篩細、混勻，隨著胸口的起伏，被推平、桿薄，相互交疊，再被揉勻，在被褥之上被月光柔和的烘曬。

相擁的時候你看見他的睫毛與耳廓，看見玉石項鍊在他脖頸留下的印痕，目光因為接近而模糊，或說自己也不想看清楚。分別很久以後，有一次他問你，是否已經忘了他的長相與聲音？你才想到，親吻的時候你闔上雙眼，當他望向你，你還是習慣低下頭。而當你想起他，那是從前與過去的他，如今的他有著如何細微的或是劇烈的變化，只能靠想像去比畫。當你讀他，重回他所身處的曾有的當下，看見他的腳印，卻已不見身影。說來目光交會的時刻那樣少，時空的交會也是那樣的少，多半是彼此凝望，像分別時他會等待你走至他再也望不見的地方，等待你最後一次的回頭揮手，他會最後一次給予你微笑，這使你相信，你們一直有著那個夜與晨那樣互相陪伴的目光，那是比共同前往他方還要淡遠的情義。

流逝仍在。因而，每次離開他，你總覺得自己又少了一點點，持續的一點點、一點點，像是機器磨切金屬時發散的火光，銀色的合金碎屑，散落在機車後座，或是捷運車廂，還有路旁鋪上磁磚的人行道，粉質不扎肌膚的持續遺落，誰看見了你越來越透明，或是越來越不完整了？以終止回推，時光機靈的分配每個遺落的時機，再也沒有再見的時候，或是沒有念想的時候，風會帶走最後一粒沙。

沿著你所遺漏的碎屑，便能辨識你的足跡，他將能找到你，但你們卻都很有默契的不干預這場潰散。日子是一場知覺形成的幻象，我們相信我們所相信的，那樣的確信在於對雙方處境最根本的尊重，你慶幸你們最終沒有為對方削弱了想要的生活樣態，於是最不捨的人成為先離開的人。當他鬧著你學著你說「好呀，是的」，你意識到那樣的暗示或許是對你順從的一種挑戰，或也期盼你能多做些什麼，或憑仗著韌性或執著，力挽陷落的既定結局，你只是恍然自己從未這樣想過。

你期望順從於其他人對於自我的定義，關於他們如何看待他們自己，你說好的；他們選擇的生活，你也會說好的；當他們要離開，你也會說好的。你不曾想過要改變一朵花的顏色。不改變一朵花的顏色，並非出自於任何宏大的寬容，而是出自於私心的呵護，讓人事物是其所是，每件事物都在成形的路途之上，未來是過去的延展，即便這將使你們走上歧路，但不評價與不介入的，讓他人的生活依照靈魂的圖像去被鍛造被成全，不要拗折所有即將綻放的花苞，遠遠的觀望，你未曾想過還能如何。

不加以改變，只是去成全什麼，也在該離開的時候接受終結。你喜歡花朵自然開放的樣子，等待邀請或是等待離開花園的請求，亦不為對方修剪自我，你只為自己停留，只願意給予他人幾個流浪的夜晚。那令人執迷的短暫交會，你以為自己能甘於永久的，但長情仍有限，有時你往後一站，不經意就站到對方的視線之外。

只有晚風吹過的河堤邊，綁繫鞋帶的瞬間，你拿起鑷子輕輕的刮下一點金漆，拾取一些滑落的磁磚，安置在無人察覺的房間，等待那些被阻斷的後續，悖離時間的阻攔，微小的故事有你全知的視角，在那無人過問的空間裡面安逸的發展，用討人喜歡的方式，或是幻想的方式，或是後悔的方式都可以，或許那裡有所有可能與機會。那條路上有各種身影不斷的前行，同時在消逝也同時在增生，被遺落下來的每個迴旋的疊影各自圓足，被迫前行與接受增生的實體，才帶有遺憾。有時你滿溢淚水的，看著那小小的培養皿中，牽手散步的小小的你們，默默的許願路途無可窮盡。

那幾日臺鐵出軌，整個宇宙都在告訴你人生短暫、不要執著，對於完成與完整的期待，是不該有的貪念。你記得報導稱，有位父親在事發時緊抱著女兒，兩人一同罹難了，救護人員終究要將兩人分開，緊抓著的，終究要放下，生命的原貌是獨行。「洞見為執著鬆綁。」我記得自己說過那樣的話，但告別了一個執著，卻又依附於下一個執著。執著得像相信意念等於生命那麼唯心，像不緊握著什麼，便有隨風飄散的可能。

「我覺得我能看懂全部了。」有一天你這樣對他說，你可以理解他的設想，全部的終始，而且你不想改變他，也知道改變不了他，就像你永遠摸不到你領養的第三隻貓一樣，但你希望他快樂，你只想支持他。對待珍視的人，用他們希望被對待的方式來加以對待，那是你所能給出的最美好的款待。

「文字是會讓人活下來的東西，死掉也會有死掉的道理。」不知道，你心裡就是浮出這些話。必須承認當你看見他的畫作在成形，隻言片語的在談話間、網路的版面間拼組，一筆一筆，緩緩的剝蝕，露出其中的鉛筆素描，素描之下無染的畫布。你不是因為沒有願望成真而感到遺憾，而是因為明白而感傷，一種新的情感，來自於理解。你也慶幸沒有如同其他人，沒有隨著粗糙的生活，成為那些磨鈍他的事物，在他對世界投降之前，你曾像一塊軟布包裹過那些銳角。他有他的方向跟節奏，他不打算對世界投降，你知道，他知道你知道。

也理解這是最好的時刻，等待某個人曾經在靈思上的心意貼合，一筆不差的去感受疼痛。只要一個人，只要一個人就夠了，那麼大的世界哪怕只有一個人，除了你之外的那一個人，以及那樣短暫的時刻，那是你們以意志共同對抗時光流逝所得到的報償。

那樣的遺憾很美，美的事物也是人生所需。

人們永遠都不知道相處最後一天是什麼時候，你隨口說著，繞過他身旁，他認同的點了點頭。沒有任何徵兆，幾個月後再想起，那天之後你們竟也沒有再見面。

「會將我寫進書裡面嗎？」他曾經開玩笑的問你，但你希望沒有那一天，因為故事記著的都是傷心的事。

什麼推動著故事？後來什麼把你帶走了？但那個房間裡的你們，仍然在永夜中呼吸均勻的沉睡，夜半醒來那些夾雜著夢境的談話，夜燈烘照的幅度，你重回的眼光，將一次比一次能適應微弱的光線，房間的書籍以及畫具、顏料的位置，逐步清晰。你習慣坐在地板上，環抱著膝蓋，看著那樣專注於當下的你們，看著自己吊掛於衣櫃旁的米色外套，枕褥上半透明的自己，還有這個彷彿以他的心智建築而成的空間，他不為人知的夢，桌上的書，書上的卡片。

可以完成的在人生中實踐，而遺憾則讓它在文字裡圓滿。當要提取這段記憶的時候，印象裡面的場景、走位、對話總是走向相反的時間，走得越遠越清晰，越無可否認，越無可忽視。總有一日，每件物品都將如磐石一般無可挪移，比變動不息的你們還要真切。

像你們分別之後也曾討論過的那樣，那些事，是忘記了好還是想起來好呢？兩個人的對話像一個人那樣的辯證著。

「可是都忘記了啊。」

「也不會真的忘記，只是沒有想起來而已，有一天一定會想起來的。」

「沒想起來也沒關係啦，因為不是忘記，只是沒想起來而已。」

此際，房間與睡著的你們，就一直在那裡，腔室般溫暖的房間包裹著。你記得，明天早上你將要親吻一下他的額頭。

原載《皇冠》第八一七期

離地的花園

尤加利葉那種颯爽的木質香氣，輕盈的將整個房間拂掃了一次，在門外遠遠就能聞到，自外回家打開大門，循著香氣便能記得家中有花。

水流沖過手背與手心，再捧一掬水澆上水龍頭，走出浴室，半乾的手掌無事的在身側悠晃著，空出手心時，雨聲如此清晰。

長而緩的雨一邊毫不吝惜的降下，一邊卻又好像溫柔的摀住你的耳朵，使群集的雨滴聽起來像在遙遠的地方落地，打在地上濺起一雙雙小小的翅膀，撲撲的拍動，越發整齊的讓聲音成為襯底的背景。

油紙燈罩的感覺，厚實油黃的紙面，亮度有限的燈泡，節制的陰影，節制的光亮，一種古老的撫慰。

樓下傘桶一支半開的傘，不多久之前我將它擱在那。雨水彈在傘面上，共行一段的街道，輕輕的抬起腳跟以防雨水濺濕褲管，他明明走在前方，卻不在我的視線之中，雨水沒有洗掉路面的黑漬，只是透明的覆蓋其上。

我想起那些傘下的人，曾經共撐一把傘，還要偷偷將傘幅傾向他，擋去那些落在他肩頭的雨水，而漸漸的就失去了比肩的默契，或勇氣。同路一段，直到雨水也無法將我們聚攏的那天，像水面的氣泡一分為二，輕而決絕的彈開，用那分隔彼此的力量形成作用力，一蹬往各自的路去了。

順著花香看過去，尤加利葉節次分明的褐色花莖，由支點螺旋狀的往外擴散，長長短短的靜懸在玻璃瓶中，隔夜清水帶有一點霧色，瓶中再無浮浪波濤，寂靜生出暗影。

單手握著交集點將花與葉抽離，水龍頭之下的清水席捲花器所有弧角，在流動的水下細細清洗過所有浸過水中的枝枒。

斜角的素白大繡球，輕倚於旁的翠綠足球場草皮——兩顆圓形綠石竹，以及向外開散，環抱花束的黛綠尤加利葉，吉他撥片似的葉形成雙而生，其間還有細細端詳才得見的，麵包屑那樣小小的奶紫色卡斯比亞。

有時疑似聽見了雨聲，也並不走向窗邊查證，心裡相信有雨的時候，雨就專門在窗外落下來。先有一種地表散熱的烘烘暖意，然後四方氣溫漸漸隨著雨勢而降低。

甚至雨幕垂落，將我包圍，更分明的區隔我與在我之外的事物，下一杯水的溫度，配合氣溫調高一些，重整時間表的次序，只做一些在當前空間，獨自一人能做的事，取貨暫緩，寄信暫緩，開闔仍然。

重瓣菊花的葉尖向內燒熔，與花萼連接的花瓣根部掐出凹痕，先是含蓄的蜷縮，間或在脆弱之處，有斑點燒薄了原有的質地，直到一日一言不發的收回本來橘黃濃淡適宜的顏色。

緩慢的萎謝，像綻放的速度那樣，只是一顆半開的花苞，從視角之外一處小地，練習向外延展的角度，讓橘彩從花瓣逐步轉淡過渡鮮黃，在花瓣之後畫出兩道直紋，如挺直的背脊，勾出昂挺的線條，在時間中走了好一會，才走入你的目光。

那些目光交會的時刻，在下一秒各自移開目光之前，透過雙眼巡弋對方的臉龐，上睫毛的弧度，瞳孔凝望他人時慣用的起始角度，虹膜上那只有互相靠近過才能準確辨識出的顏色，加了冰塊的黑咖啡色，或是檜木抽屜陰影的顏色，或是滿月旁邊既深且亮的靛藍。某樣精確如手錶齒輪刻痕的細節，能提取並繫緊那些一閃而逝的畫面，一次次的，在遺忘之後記取。

初次見面的分別之際，我看見他轉過身的那一刻，精神鬆懈那不到一秒的時間，我記得他的眼神。許久之後，我曾好奇的提起並追問，那是否為了我們當時的分別而失落。

我記得他回答我，我是看見了自己。關於分別的不捨，我只是將自己的情感也寄存在那樣的眼光之中。

然而也有那個夜晚，倚著玻璃落地窗喝下熱咖啡，未知遙遠未來的牽手與放手之前，在初識時，生疏的繞過為節慶預備，環繞整個廣場的燈飾布置之際，他想起什麼了又或意識了什麼？彷彿序曲的行路，或是低溫的天氣，在他而言是否是一種徒勞的重演，又或者是意識到在個人的漫遊之中，獨行才得以走進那些窄巷。

當我以剪刀剪開透明玻璃紙，剪開緊縛的橡皮筋，看著興茂枝葉之間帶著睡意，被枝葉包覆的繁花，總不由得想著：「它將會怎樣死？」陸蓮會怎樣死？蠟梅會怎樣死？白頭翁會怎樣死？從哪裡開始透露壞朽的隱喻？是乾枯的花莖由脆裂至乾癟，或是花瓣癱軟相互覆蓋？腐敗的花莖令水濁澇，花瓣是否將頑強的抓緊枝頭，或是輕微的震動，便能使其墜地，而顏色能持續多久？

我想送你一束花，我想給你一個新的名字，我的名字。我想告訴你，關於一束花的先後離席。

每一把花的重量，從第一次換水的掂量，隨著逐次沖洗愈漸熟悉。我喜歡他們以

「花頭」形容花托，「花腳」形容花莖，如花似人。

你來了，微笑，毛線帽，喝一口咖啡，我抬頭看了一眼對街，窗戶有白色的窗花，一間小書店還亮著，櫥窗裡擺著全集。寒流的夜晚氣溫有十二度，玻璃門被推開，有對牽手的人來詢問是否有座位，你為我倒水，問我要不要去洗手間，趁機付了帳。

初識切花時，我以食指與拇指剝除旁枝，小心不傷及主枝幹的表面，並摘除外圍幾片傷損的花瓣。將花腳放入水中，隨著插瓶所需的高低剪短，隨著心意不要求過分的次序與整齊，而是以更加隨意的、更有生機的呈現方式，像是來自森林裡的一小塊未被人為破壞的草地。切勿擠壓每一株植物，為它在這個侷促的隊伍裡，找到一個可以容身舒展的縫隙。

那最是切合心意的模樣，離地的花園。

日日清洗花瓶，緩緩斜剪花腳，花莖較為細嫩，吸水吃力的花朵，開始憂愁的偏著頭。隨著抽取的花朵，日日重整散亂的花序，重新掂量插瓶的高低，手握著，便能察覺花束逐步輕盈。挺立的花頭在修剪之下，從露出鎖骨，到剩下頸子，緩緩的只剩一顆頭顱，像是陷進流沙緩緩的被吞蝕，花香隨之消逸，根部開始傳出一種泥沼的味道。

對於哪枝花先乾枯，我總是預測失準。一場漫長的無聲告別，看見了開頭，猜不著結尾。

花開沒有聲音，花落也寂靜，花開就是花落。

當萬千事物尚未從地表消失之前，眾生往化滅列隊行進，透過鍵盤彈指而出的詞語追不上物質的衰變，受阻於嚴苛的檢視。除非能精分出最小單位的比較級，窮盡詞語來形狀事物動向，若非如此，試圖定義時，對象早已在光陰中跨步向前，每個落空的指涉，擲地有聲。拋出網羅的這方，眼見他者從網眼穿行，仍要在自我前行的影跡中，一再顧返，快不過那二十念一瞬，二十瞬一彈指，二十彈指一羅預，從捕捉實體到追趕殘影，仍是追趕不及。

河濱公園，遠處的燈，燈下有鞦韆，還有一半埋在土裡的輪胎護欄，一處下彎的路，在遠處看來彷彿被雜草遮蓋。走臺階，長裙，背包，紅色圍巾，車流，對面的公寓，我想走高架橋到河的那一邊。你說過了今年，在臺北居住的時日就比故鄉多了。

生命的流動在安詳之中帶有荒誕，起心動念將改本質，我們活在自己的想像裡，對未來的想像，對此際的想像，對過去的想像。過往留下的確據，只有客觀的物件，清晰的意象，每次回視的擾動，造成觀測的誤差，各隨當下心意，加添遺憾、感動，甚或是憤怒的，成為我們口中不同版本的夜晚，每回憶便生成一次的，多如繁星的一千零一個夜晚，像是每個人心中都有一座不同的馬康多城。

那個夜晚你的表情，從此收獲許多落空的指涉，你眼中的我與我眼中的你，在各自的詮釋與投射之中輾轉。

話語難以模印一朵花的型態，思想難以重現一朵花的色澤，說出口的隨即落空，永遠只是劣質的贗品。當我說它凋零、萎弱、枯槁，永遠有比凋零更凋零，比萎弱更萎弱，沒有話語的天平與砝碼可用，無怪智者總是沉默。

如同愛有好多種，每一種都在畫歸之外，每一種都難以言說，親情、友情、愛情，那樣似二元性別或十二星座的殘酷分類法，我找不到適合的詞語。真實的情感彷彿都沒有邊界，那麼，什麼都不要說，什麼也都不用說，我們總是互相叮嚀要好好的，再無他話。

意識在生死的自然循環中，騷動不安，在空曠又寂寥的荒漠中，用想像滋長出一座爬滿熱帶植物的暖泉，令萬物啞然失笑。

如同一朵花無須被理解也會開落，沒有遇見你，我會遺憾，但遇見你而後，我仍然遺憾，可遺憾與否並不影響一朵花的開落。情感亦無終始，只有淡遠，交集與生發難以定義，不知何所以起，結束之後還有回響，淡遠還有更淡遠，因而我只會傷感卻不真正悲傷。

遠字給人長路漫漫的想像，無形的牽連與忠實的相伴，細碎的事蹟，獨行者的背負。淡如同口中的薄荷片，我想到沉默與閉眼，那樣微弱的振幅，配合呼吸與風動。

我認識到關係的細緻精巧與無法定義。可在此之前我們應該試圖去定義，直到確認沒有任何事物在時空之下能夠有效明確的被定義，說出來的話語隨即就成為過往而褪色，而不再試圖去定義它。

像我那時急著想告訴你的那樣，其他的人，那樣的人，他們都是同一種人，他們太像了，而他們不是我們，他們不是你。

直到一切徒勞後的澈悟，使人全然臣服的棲身於感受之中，對時空謙卑。

以為事情是這個意思或是那個意思，只要開始以為，那都已經不是本來的意思了，永遠都找不到最初的那束卷軸，無法重現最初的夜晚。

因此我只有描述這個不久之前的古老故事，在語言的橋梁上踩空之前，用這些褪色的字眼，以及雨水與花，艱澀朦朧的描繪兩個淡遠的人。

別擔心，即使記憶模糊時我也不怕說錯，因為這是一段無可核鑑的往事，存疑或深信無法更動分毫，同情或共感也無可撫慰的。因為永遠都不會有人知道真正的故事，包含我與你，因為發生的當下，我們已永遠的失去了它。

原載《聯合文學雜誌》第四四七期

不曾發生卻確實存在的一天

我們這個故事已經接近尾聲了。正如我們曾經指出的一樣，我們對於這個結局只有殘破不全的認識，與其說他是史實的記述，毋寧稱之為傳說的鋪敘。

——赫曼．赫賽《玻璃珠遊戲》

偶爾我會想起作家陳雨航寫他在高中時期，與遠方的朋友約定過一場球賽，參加的幾人縝密的編想各種理由，分次向班導請了同一日的假，約好一起搭火車前往，最後因為沒有車票錢，無法抵達遠方。

「無法抵達遠方」記得原文便是這樣寫，那一日他失望的待在家，騰出來的時空，未如預期發生的事件，此時他想起那場沒有他的球賽，在腦海構築賽場，甚至遠方的山與菅芒也一併想像了。直至未來還是屢屢想起，幾次列車穿過縱谷，他仍不禁期盼，下個轉彎可以看見腦海中的那個球場。

但那場球賽是真的發生了吧。那場在想像中如期赴約，在場上運球抄截，鞋底踩過遠方的土地，蹲下身重新繫綁的鞋帶，以及疲累之際仰頭看見的，那令人暈眩的陽光，被塵土沾染成紅褐色的球，一次次投球進入生鏽的球框。未能成行卻比實際發生過還要鮮明，像是手往遠處一指，就能出現的城堡與臺階，揉揉眼睛之後也沒有消失的，那場球賽。

無從證明卻又分明存在的那段時光，撐起了那個空缺的下午，甚至散溢了出來，改換了其他相關記憶的河道，令人印象深刻，又不時追憶，擴及至每項感官。

比現實世界之外，更願意相信的世界，懸掛在離地幾尺的地方，隨眾人思緒構築而起，像地球的魂魄一般，透明的罩在半空。人們終於得到足夠的資費與隨手可以剪接的時間軸，讓所有未發生卻印象深刻的回憶附著其上，連帶著所有所期望的幸福快樂。那些明知不會實現的事，掛在嘴上會引來訕笑，卻偏偏在心裡或在夢中這麼想像了，於是成為了依照眾人強大的執念匯聚而成的城邦，掛在一個人人都知道，卻指畫不出來的地方。大人們喜歡講那裡的故事給孩子聽，度送他們上去，而且代代相傳。

你去過那個地方嗎？

「如果有天分開了讓人難過，你的難過是像掉了一條喜歡圍巾的等級？還是國小畢業的等級？夏令營結束的等級？還是新年結束從家鄉回臺北的等級？丟了機車的等級？」我試圖探測情感的深淺，想從中擷取那些幽微的形容詞，仰賴譬喻問著你。因為覺得好奇，因為試圖定位。而關於在我之外的人如何看待情感，我卻缺乏想像的能力，想得太多又怕自以為是。

「又或者只是希望一切都沒發生過，像飲料手滑摔在地上，撿起來也不能喝了，想清理又怕手髒沒地方洗，趁沒人看到，快步離開的那種呢？」一個最低限度的補充，心虛又嫌惡的那種感受，希望不是這個答案呀！

「難過就是難過啊，會捨不得和遺憾，很難用等級來分別的。」

如果有一天我只能依靠回憶來想念這段時光，請給我更多的細節與線索。

「像國小自然課，老師會有一箱礦石，裡面有各種雲母、石英啊分門別類，像元素週期表那麼多。只要有細微的不同，就可以自己一類，經過了，就夾一小塊放進盒子裡呀！」記掛著自己在他人心中的位置，每個人的盒子裡面都會分門別類的，即便是一顆尋常如石礫，扎手又呈色單調缺乏光芒的，經過了，總是會有那麼一個可供安置的四方格，清清楚楚不與他物沾染的寄存在陰影之中。

「不同是本身就不同了，一開始就是石英、雲母、水晶，不是因為被分類才不同啊！」你說，我讀著你傳過來的字，彷若有聲，我喜歡「不同」，連帶著前一句的「難過」、「不捨」、「遺憾」。我們深知文字如礦脈，高壓能量與溫度的翻弄之下，才能鑄鍊出體積極小密度極高的一點伏蟄的光亮。

會有被安置的地方，是不同而且無法加以比較的，我這樣想像。期盼能明白更多，對於同理設限於自卑或所知有限、訊息有限，對他人世界的注目太少了，甚至強加對錯的分野，亦會讓訊息被輕率的簡化，珍貴的片段也隨之亡佚。

人與人有互相理解的可能吧，這是一直埋存在心中，如今才漸漸清晰的信仰，我相信這個世界的所有物種都是一體，有點有趣又有點詩意。因而施予並不是給出，收取也不是真的接受，只是一種流動，像一顆封閉的雪花球，一樣的雪花在透明玻璃裡反覆飛升落地，雖有擺盪，質量卻是恆定，物質來來去去，愛也來來去去。

關鍵在於細節，擁有更多的細節作為依循，隨著對應的凹凸來拼補，找尋一個適合回望的角度。在往後他人解讀的詞句中，我們對話的語境，或者是臉部的細微表情還能不被曖昧曲解至模糊不清，我需要更多細節以促成理解的全景，只要懂得，就能夠接受，能夠記下。

「我們以後可以去旅行呀，應該會很棒的。」我還是脫口而出，你說好呀，我說出口時有些傷心，我們可能都知道不會有那一天，只是還是在感覺幸福的時刻有了這樣的應答，許下一個幾乎不可能的承諾，寄存在餘生中，彷彿時空只要持續流轉，它只是尚未兌現，而不是隨口戲言。

彷彿近在咫尺卻又到不了的都是遠方，你的心裡也是我的遠方。

沒有路燈的河岸，半身高的芒草叢集成群，突出草團的葉尖毛茸茸的晃動，被黑影遮去了大半緩緩流動發出的閃光，才讓人察覺那裡有一塊河流流經低地。再更遠，不同深淺的黑墨色，可粗略辨識出山的稜線，天空反而不是全然的黑，而是帶有水彩感的深藍，如夜燈下的壁紙。

發出光線的是邊上一座高架橋與往來的車流，聲音遙遠到被抹除了，連帶那一點光亮也容易在黑暗中被忽視，一切在幽暗中靜謐。好像想看得多遠，就真的可以往黑暗深處再挪近視野，像是閉上眼睛的那片黑暗景象，什麼都沒有，又什麼都有。

「在看什麼呢？」我緩緩的收回視線，撞上你看向我的眼光，深色的瞳孔也像是黑暗裡的靜景，太深又太遙遠，這個夜晚我想記得更多，我怕自己會忘記了。忘記那些發生過的美好不會因此而毀壞，忘記過去的時光也終將持續安慰著我，忘記我見過你良善的質地，以及那些本就擁有的時光，可以彌補缺失的相處與日常。

這是適合旅行的天氣，或許在那個透明的世界，旅行已經展開。

若是要旅行一定要是區間車，我會因為約定時間太早，而隨意紮起馬尾，頭頂還有一些抹不平的雜毛。清澈的陽光不燙著臉，倚著你的肩膀補睡一小段，朦朧的聽著你說著在這條鐵軌上重疊的舊事，或是昨夜的夢。到你說的那片迎面打過來的亮閃閃的海面，記得要提早叫醒我，你便能成為第一次帶我看那片海的人，往後看到海便會想到你，想到你便會想起海。

「無論未來／此刻我一部分的真誠／不確定往後能否再擁有／或產出這樣純粹質地的真誠／將被安置在曾經共有時空／為你每個孤寂的時刻／微弱但穩定的傳遞祝福／從此往後」那張我寫給你，但沒有署名的生日卡片，期盼也在虛空中留下一些什麼，未完的故事自然有該去的地方。

遺憾很美，人生需要很好的東西，或是很美的東西。

我聽過一個傳說，在過世之後，人們終於能自由轉換視角，重回每個生命裡重要的時刻，真切的體會所有交會的人，當下的狀態。諸如那些瞬間生發的複雜的情緒，羞愧與欣喜、憤懣與感激、心口不一的善意謊言，終於得到真正的見解。他人的心思與自己的揣測，終究相隔太遙遠。

諸如面對我的你，面對你的我，看見你回想著，嘴上卻說忘記了的那些夢，那些沿夢蔓延的掙扎與設想，看見推動故事前行的每一顆齒輪，看見你的沉默背後，與你心上的破口，而你能看見我眼裡的星夜與海洋。

想著終有理解的一天，很多事情並不用急於求取一個答案，因為缺乏太多必要訊息。這些微小到從指縫溜走，令人渾然不覺的信息，帶著無比慧黠的靈光，弭平那些過度揣測所增生的毛邊。總有一天一定可以全部知道的，因此我們安身等待著。

那個透明的半空世界，有一列緩步的火車在行走，是各站皆停的區間車，徐徐的向前帶我們去看那片海景，我尚未為他們想到後續的走與停，或許讓平原上漫布一場微雨，刷亮沿途的空氣。

那一定是生命中感到最美好的一天。

生命中感到最美好的一天，是不曾發生的那一天。

我印象最深刻的戀愛。

是我們沒有談過的那一場戀愛。

「謝謝你啊，感覺我對你很壞，你還是很珍惜我。」最後你這麼說。

「不是這樣的，我們只是狀態不同。」只是這樣而已。

事件開始又結束了，只是那比我們想像的短了一些，只是這樣而已。明白所知的有限一直是阻路的大石，往後長遠的路途之中，我照看那些美好的遺憾，靜候著全然明白的時刻，靜候著我也終於能夠被你理解的時刻。

「那個遠方，那一片海，不是你到不了，而是我們一起到不了的。」我們，一起，我猜如果告訴你這個故事，你會這樣溫柔的安慰我！

「可是，在某個時刻，卻像真的去過了一樣。」如果我聽完你的話，還能忍住沒有哭，我會這樣回答。

原載《聯合文學雜誌》第四五一期

憂傷堪輿紀

喉底再往內的地方，彷彿那裡有一個小於掌心的錫製盒子，鈍鈍的堵在那。

只比椅背厚一些的身體，此時卻像是一面潮濕的水泥牆面，掌形的藤蔓雜亂的覆蓋其上，葉下的淺根捏緊牆面的縫隙。新葉壓疊舊葉，管線交錯難解。不舒服的感覺從何處開始滋長？我給不出縱深或座標，身體的內與外對我都是陌生的疆域。

若是將幾具相近的身體，除去容易辨認的痣與疤要指認哪一副是自己的，我不可能會辨認得出來，對於分秒使用之物如此不經心，怕哪天丟了真的找不回來，找不到自己的身體。

我挪動了桌上的玻璃杯，右手在口袋把玩著發票與零錢。體內的錫製盒子內，彷彿放著體積極小但密度極高的液體，從雕花的紋路裡透蝕出來。喉底傳來火柴捻熄後那一縷焦澀味，向下混雜了早上吃過的果醬吐司的甜，從胸口開始一滴滴，從容邪惡的往下滴落，滿溢了胸口的橫切面，再沿著側緣向下滴聚擴散，一層復一層。

「我突然覺得難過。」在吃下第二口蛋糕的時候我對F說，胸腔像是平白承接了許多重量，那些灼人的液體在涓滴成流之後，開始被身體感知，心情開始鈍重了起來。

「我從剛剛看你表情就不太對。」

「是嗎？我自己沒有發現。」現在嘴角有點重得笑不出來就是。我先從兩人的談話翻找起，想找出心情低落的緣由，那些我們從唇齒流瀉而出，將要遁逃的事物，被拉著尾巴拽了回來：咖啡廳的選位，對外窗或靠牆，窗外的陽光難得，甜蛋糕加一點酸味更好，連假的車潮，柏油路上的字，冰或熱的飲料，草莓季結束了，空氣劉海又流行了。

似無所獲，我搜尋著聽覺，或許是聲音連結某項遺忘的記憶，電風扇在音樂聲外發出低頻的運轉聲，開關門牽動著黃銅門鈴，朋友清脆的笑聲，還有彷如無聲的微笑，手機切換頁面的滴答聲，客人們的私語，櫃檯結帳抽屜彈出的聲音……

某次與家人在餐廳用餐，走至櫃檯結帳時，一陣恐懼感猶如黑布罩上心頭。找尋了許久，直到幾天後才恍然，櫃檯響起的電話聲與剛離職的工作場所相同，鈴響霎時將趕件的壓力、老闆剃刀般的挖苦，也一併被從心底帶出來，攀親帶故的五感。

看似俐落瀟灑的日子裡，潛意識還是像一塊磁鐵一般，吸附感官所接受的訊息，機械式的丟出相應的卡牌。

知道懼怕的事物，便能依理性找尋應對方式，最可怕的是不知道恐懼的源頭，那才是真正無可施力的恐懼。

此時手機輕響了一聲，提醒一週後是新的生理週期。我數算這半個月來接連熬夜，心悸的頻率，夜間醒來的次數，以及為了搶在期限前所生出的壓力，胸口與背部長出的紅疹……經驗裡，應是這樣的狀態，黃體激素與雌激素的作用，使我陷入可感的憂鬱。

「但是這樣的你，還是會寂寞吧？」像是一個氣泡，胸腔的泥沼拗直上升，然後破裂散逸在身體裡。是這句話。

是比起經前症候，更讓人想迴避的理由，這是我心中最敷衍的回應，寂寞兩個字像是被咀嚼到無味、發白的口香糖殘渣，快速又媚俗，不由深究的在人人口中傳誦，越是傳誦便越消磨。

「你懂寂寞嗎？」我說，幾天前聽到時，我給那人一個質疑的眼神，隨即輕抬下巴，示意他碗裡的麵要涼了，趁隙逃掉可能開啟的針鋒相對，將視線轉回手機上，讓話題告終。

那時我們閒聊對婚姻的看法，我說那只是對於未來的超支，連自己的意圖與想法都辨識不明，認不清自己不停歇的變化，成雙成對是更辛苦的，永遠這個詞不是創來給人類用的。

但不寂寞嗎？是那樣瀟灑的反擊，施予任何想要獨行的人，接在任何無從辯駁的話語之後。

被拋棄者的反擊。

「我今天下午就不過去了。」

「但是這樣的你，還是會寂寞吧？」

「我再也不允許自己，在原地等待任何人。」

「但是這樣的你，還是會寂寞吧？」

「我不想跟你走到永遠了，沒有那種地方。」

「但是這樣的你……」

後來我們步出餐廳，說著其他不費思慮的話題。想起前晚手機上，睡前他說的話，暴露了我們各自在關係裡不相同的期待，無意間點破了各自想隱藏的念頭。

思慮與猜疑在各自的跟前塗塗寫寫的鋪展，畫出兩道不同的路徑，又或他在無意間透露自己真實又殘忍的希望，使我暗自更改了未來的舉措，我看著兩道模糊的路徑更加壁壘分明。

切下一角蛋糕，可惜那樣好的陽光一眼就黯淡了，不是黃昏的那種神聖的灰階，而是墨水將盡時，越印越淡、呈色不均的那種。我罩著這片顏色，走入下午的流程，點選電腦中的文字檔，修改與增補，親切迎接下午來上課的學生，轉開門鎖，在傍晚點亮騎樓的燈。

有些記憶脫離了情景，但感受卻那樣熟悉，酸麻的痛點，從胸腔傳來，有時候像被扼住喉頭，每一種感受都是一次的溫習，即便不知為何悲傷，都確信這不是第一次的體驗，又像是為了即將來到的事件在彩排。

此時間，腦海中所有被轠繩所縛捆的猛獸，甚至是被結界畫至意識之外的夢魘，在掙脫控制後，聚眾夜行。他們帶著陰藍的火光，點燃那些關於悲傷記憶的腦神經元。那些行將枯槁的神經元枝枒，像聖誕燈飾一樣興奮的閃動、傳遞、結出花苞。

那陣子以來我與那人，我們總是各自說著自己的事，對著手機或對著彼此。在我意識到該分開的時候，其實我們已經分開很久了，徒留形式，要丟不丟。某一個下午，當我暗自下了這個決定，披上大衣出門赴約，暫時忘卻了所有的失望，將他視為一位新識的朋友。

看著他吃力的拾起每句漏接的話語，問我許多早已知道的問題，看著自己曾經注視過千百次的那張面容，我很想告訴他沒關係，分開沒有想像中那麼痛。但是在我對你只剩下恨意之前，你必須離開我，否則我的背包裡就什麼都沒有了。

「可憐的人，你是如此的不快樂。」童年的有聲書，為我說過歌劇魅影的故事。當克莉絲汀在逃出劇院下幽暗的地宮前，轉身回視魅影，親吻了他並如此說。

不知原著是否真有這樣的描寫？我一直記得音響中傳來那樣的語氣，宗教式的悲憫，彷彿是在長久以來的逃殺之中，最終也看見了敵方的行動有他的根由。以一種不能接受，但可以理解的觀察，明白在長久經驗的時空之下，悲劇或錯誤的決定只是在此刻水到渠成，並非隨機，或要稱之為一種命定也可以。

跳脫出受害者的身分，重新認識，看見雙方各處於求而不得與無路可逃的絕境之中，並沒有誰的幸福得到成全，看到加害者與被害者一樣，都是別無選擇的傷人與被傷。

那是一種理解，相處中有那麼幾個瞬間我相信我是世界上最懂他的人，我聽得見他沒有說出口的話語，甚至自信，我認識他未知的他自己。

「但是這樣的你，還是會遺憾吧？」這才是他想問的，我知道。

會。

遺憾所受當前逐個細微意識吸引或排斥，隨之粉散重設的未來圖像，那裡沒有他的椅子。遺憾我們未如所願一起點亮那幽暗空間裡的一盞吊燈，遺憾再也不見對方惺忪的睡眼，不能共飲早晨的第一杯裝在透明玻璃杯裡的白開水。並且遺憾懵懂時的低頭與給予，未能將我們一起帶至更好的地方，當關係失衡時，壓抑的情緒捲走一切。

我將雙手的食指與拇指組合成框，焦距對向遠方，框內有流動的氧氣，落地窗與棉麻窗簾，清掃後無纖塵的木質地板，牆角連著油漆新乾的牆壁，罩著防塵布待整的桌椅。舞臺換幕，著黑色衣褲的工作人員將要進場，鋪設我生活的下一個場景，因此我該走了。

所以我遺憾，在我尚未學會好好待人之前，就遇見你。

並沒有誰的幸福得到成全，而所有過程中為對方停頓而未向前探索的腳步，及我想要放開他的手前往扭開的每扇門，都在等待生發。

魅影於是甘心放走了她，洞見為執著鬆綁。

我試著將理智從這些細密的刺網剝離出來，旁觀這些情緒如何升起。像是觀望暴雨將至前，地軸傾斜，積雨雲向低窪處聚攏，越疊越危墜，不容眨眼的，看似無序又迅速的部署。

然後雲層後開始響起悶雷，閃電在雲層後的不定處亮起，快速的照亮一切，隨著閃爍，可以看見那些伏踞的暗影，黑暗中的輪廓，它們還在，你也知道你那樣精準辨識的能力，更是間接證明了它們不曾遠離。

不禁也疑惑，那些事，各種事，當我說放下了、忘記了的時候是真的嗎？那些自信不為過去所困的時候，踏出的步幅，也是真的嗎？那些我估量與舊事的距離，是否只是幻覺？還是還是，我只是錯估自己內在的運作機制。

心裡以為很近的，實則很遠；以為很遠的，其實如影隨形。

「兩個人被婚姻綑綁在一起，斷不了、分不開的寂寞才是更加的寂寞。」我仍然沒有自恃聰明的說出這句話，因為我沒有體會過。我有的只有分得開的寂寞，分得開的遺憾，況且各自的感受又如何能量化比較。

現實的我們漸漸無話可說，夢裡相見也幾乎是沉默的。

某個下雨後的黃昏，你坐在河水混濁高漲的堤岸旁，像個敦實的學生擺開棋盤，拭去灰塵擺上棋子，像某種莊重的儀式。夢裡我繞到你的身後，觀望你的闊步與逡巡，未開展的棋路霎時如枝枒，延伸一道道透明的路徑，不曉得你是否也看見了？

神色鎮定的遮擋、抄截，我下定棋子，就像已經看見終局那般的毫無懸念。你輸了，我卻哭了起來，你說贏的人有什麼好哭，我說因為你不知道，困在棋局裡的是我不是你。

但如今你知道了，那就好了。

我還要你知道，即便下棋前便探見謎底，我還是會拉開椅子，泡杯茶，陪你走至棋局終了。

原載二〇二一年十月十五日《自由時報・副刊》

美金與湯圓

某個冬天，我帶著輕省的行李搭上清晨的飛機往天津，赴一場作文課程的演講邀約。當地機場與高鐵月臺急凍的冷風，猛烈的鑽往羽絨衣袖口與縫隙，我跟著舉著我名牌的學生，坐上主辦單位的保母車，這才終於能放鬆緊扭著領口的手。往車窗外望，遊樂器材與商家鐵捲門旁，都是結了又融了的冰霜，混著黑泥與腳印，行人口中呵出白色蒸氣。

Q也將會在當地公司接待我的那群人之中，這是自他赴陸，我們分隔八個多月後的見面。人群裡我看見他也用眼神在尋我，兩人對上眼後除了微笑示意，也只能默默無語。我有些眼熱，想著這樣陌生又冰冷的境地，至少還有他那樣如同親人的人。

沒有人知道我們在一起，我們也就不打算說，怕模糊了工作的焦點。

我還記得一些瑣碎的事，像是我們從他的辦公室往樓下望，他指著大樓間的綠地告訴我，某個冬天一夜大雪之後的清晨，遍地銀白，低矮的房子屋頂也還有殘雪，車輪開過雪地會留下印痕。

下午他陪我一起走往轉角的書報攤，蒐集當地一些參考書資料，為演講作準備，夜晚在觥籌交錯的飯局後，幫我打車，陪我坐車回飯店，他再原車返回宿舍。冰雪中，感受更加清晰，我想起幾個月來在手機裡對他的怨懟和猜疑，直到終於來到他工作的地方，看見這樣嚴寒的天氣裡四顧無人的寂寞，明白對於他人的生活，我是如何缺乏想像以及信任，尤其是戀人。

我帶著滿腹未說的話回臺灣，那些情感上的矛盾，亟欲解決或是大吵一架的事，在這樣窘迫的生活與少有的見面中被拉長，而且暫緩了，變得面目模糊。

幾年後他調回臺灣工作，一次清掃舊物的儀式裡，我找到了一個自己也快遺忘棕色信封，好奇的翻開，裡面是一張五元與三張一元的美鈔。我拿到他面前問他，見他回想不起來，我告訴他這是交往初期，他與我約定好未來要一起到美國旅遊，花用這些紙鈔，交在我手上，請我代為保管的。

「我不知道我曾經幼稚到，做過這麼浪漫的事。」他說。

「我不知道我曾經幼稚到會相信，還將它保管起來。」我們一同笑了起來，有點酸酸的。

多年的交往最要抵禦的是遺忘，畢竟我們看過太多時期、太多面向的對方，最冷酷到最熾熱，最輕盈到最沉重的一切，資訊量多如繁星，也總在破了洞的生活裡悄無聲息的掉落。

分手後回到家人一般的情誼，許多決絕的話也收在心底，因為那不重要了，我們深知沒有重來的機會，因此也沒有什麼該說該交代，未免下次再犯的細目了。無語也是無牽無扯。《說文》：「創，傷也。本作刅，或作創。」或許古人很早就體認到，創傷是雙面。

如今對對方的認識，就像拆開一件毛衣，撫平交纏跟摺痕，然後重織，保持距離，與保持一點點的虧欠，然後放進櫃子最底端與最深處。

前些日子我們約在甜品店，交換一些放在對方那裡的生活舊物件。

服務生端來兩碗湯圓，圓滾飽滿，包藏著無法由外看透的餡料，像是包藏著什麼重重心事。

「你幫我點了什麼口味的？」我問

「芝麻。」

「芝麻嗎？可是我最討厭芝麻湯圓了，你不知道還是忘記了？」分手之後我練習說著許多新詞，「我想要」、「我喜歡」、「我覺得」、「我討厭」……找回許多自己的聲音，在那些聲音背後，有更多更多深藏其中的聲音，我想喊出來，卻覺得累了。

「抱歉抱歉。」他默默的吃完兩碗湯圓。

「十年欸！」我放輕了語氣，但心裡有點酸酸的。

原載二〇二一年二月八日《聯合報・繽紛版》

最遠的路徑

我心裡住著一隻素未謀面，在我出生之前已消失的生命，我所存的世界續寫自他的土地，他的地表是我植被之下的沉積。

當他的棲所只剩累世黃土密密層疊，隨著深度小心翼翼的刨開，也是觸目皆荒涼的沙石，像是一卷待沖洗的底片，看似一無所有，只是看似一無所有。

他棕玉般雜駁的骨骼被從沙土中挖鑿而出，羅列的胸骨隨粗細排列，嵌回脊柱，重組為一座化石骨架，斑白的肋骨其中之一，有著突兀的變形，變形來自於一道貫穿的長型穿孔。

兩億年以來這隻負傷甚重的祿豐龍，瘖啞的傷口終於被肯認、被直視。

往往生命對於自己是否正明裡暗地遭受傷害，更願存疑。我想祿豐龍之傷並非因為被更加高等的人類看見，而心生安慰，而是為傷痕增加目擊者，助以落定種種的徬徨。

所有注視的眼光裡，傳遞著那些訊息：「是的，你受傷了。」

「是的，我知道你受傷了，雖然並不準確明白有多痛。」兩億年這道繁浩的計算題，無法隨意拋擲一種隨手什物加以比擬，早已超出人類有限的百年生命，相差不知凡幾，兩億個聖誕節，一億個週休二日，騎單車繞行地球時長的幾百萬倍，描繪遠大對象不僅是抽象的指涉，更是一種以想像指涉抽象的運作。

關於人間記憶，歲月繁浩肇因於記憶量的承載之鉅碩，十年相戀的終局我再也無法專一的注視著對方，無法任憑瞳孔放大，聽清他的咬字與發音。那些因為真心在意對方而轉化，甚至於無視的傷口，像是麻藥失效而發疼，疼得讓人萬分清醒的去賠付過分美化的種種。

清醒的記得某次約會，我們坐上計程車至較遠的商場看一部電影，我為對方準備了一袋洗好的櫻桃，因為記得他喜歡吃卻捨不得買，我自己買了一些，想著為他準備一點。

「好吃嗎？」我期待的問，「大顆是大顆但不甜。」他說。

我選了一部他喜歡，但自己其實全無興趣的戰爭片，買完票還有些時間我們隨意在商場裡走逛，他興致挺好的正試著鞋，但電影隨即要開演還來不及試完。看完電影出來商場已經打烊，他抱怨著電影中盲目的英雄主義，等他抽完一根菸，我問他開心嗎？他說：「我想要買鞋子，但你已經買好電影票了。」

氣氛凍結的時候，我已經無言相對。他隨意的聊起：「你最近寫的這篇文章怎麼寫張愛玲呢？」

我回答「我要想一下才能回答你」三言兩語其實很難說清。

他開玩笑的說：「沒關係，我不是真的想要知道。」

我說我知道。

這一日與許多日子一樣，事態隱然說明著一切不對勁，深深淺淺的傷著心，我總想著人與人本就少有無間緊密的聯繫，但這都只是過程。我以為設想對方的需要是對一個人最大的好。

只是在那一日所有對話為底，勾畫而出的整幅全景，是那樣的蒼白枯槁，那是我第一個推心置腹又長久相處的伴侶，現下，我已忘卻彼此真實的相處，平緩的相處又是如何，每每回憶只覺得羞愧難當，尤其當明白寥寥話語背後的角力與拉扯，不忍細想與道清。明明清楚，卻不想面對自己有多清楚，輕輕一動都覺得有細針在挑著神經。

我想繼續描述那隻恐龍的傷痕，畢竟，描述他者的傷痕總是比描述自己要容易。

透過電腦斷層掃描，顯示恐龍肋骨的內部被蝕為中空，病變的破壞深達內裡之內。

而肋骨圓滑而平整的缺口，顯示身體曾盡力試圖包覆修復，生理機制嘗試著以己力療傷，而疾病是一場長期且富有耐心的蔓延與擴張，開始於一個偶然的時刻。

古病理學專家推測這位遠古的傷者，被某樣鋒利的物品所穿透，或許是他者的利爪或是尖牙，或許來自一次在劫難逃的意外。傷害在肋骨成形，然而致命的並非來自外力造成的那道破口，殺死他的並非肉眼可見的事物，而是由此受到助長而衍生的細菌，或者說他已是歷劫歸來又無端遭害。劫後餘生而後的漸次消亡，是來自於傷口未能及時且有效的癒合，營養的血液與組織液如溫泉豢養醞釀微生物，不同生命在暗地侵奪同一個身體的主權，干擾逐次深入，直到深入骨髓。

科學家通過祿豐龍改變型態的後代：鳥類與哺乳類傷後的情況，推斷依序而生的病症，體溫上升至非常態、免疫力低下、嘔吐與乏力、活動力衰退……如被掠食者啃咬的牛羚，由衰至亡，時間拖得老長。如腐敗與失去生機的氣味招來投機的鬣狗的追蹤與侵犯，眼見身軀被侵奪，那是與疾病共存的艱難過程。可以說這是一場深入內裡，緩慢而悠長的死亡。

當我意圖解釋更多，卻發現上述文字已具雙關的指涉，描述祿豐龍痛入骨髓的傷口，並非是疾病的隱喻而是明喻。是一種早在文明以先，早在智人孵化前，各人屬物種輪替上陣的更久遠之前，即存在的一種共相式的遭逢，共同生靈深入骨髓的集體潛意識，關於無能為力的苦難，關於痛楚。

感知的擴散，透過描述其他生命苦難生發的過程，自我情感層面的體驗如同顯微手術接回肌腱，縫合相應的神經和血管那樣細之又細的連接與傳遞。在敘述的過程之中，用細碎的話語索引末梢兩端的接點，用比髮絲還細的線將之對齊接繫。在音節的點撥之下，疼與痛，血液與微量電流接連擴散，充斥在接收者的想像領域。

我們分開之後，他幾次發出了用餐的邀約，我們都相信成熟的大人在失卻了愛之後，還是彼此的朋友。我卻屢次回絕，不是因為恨他，更不是愛，只是掙扎於自責的冰層之下，需要一些安靜的時間。

「為什麼是十年？」我一直問著自己，「為什麼不早點離開？」明知答案或許與問題同樣諷刺，但無法停止疑問，也無法回答。

感受他者之傷的根據，來自於各人自我記憶中的庫藏與一些推理、一些基因殘影，更加深的感觸來自於那些所受過的傷。

那些以為忘卻的傷害其實一再重現，重現在觀看他人的眼光中。接收訊息的當下，我們重溫了傷害，往往讓人明白了一些，也明白自己已不一樣了，世界仍是原樣運行著。

實際重回過去的時間，利爪或是尖牙究竟在哪個時間點，連接起傷者與施害者呢？肉體上的傷與心靈上的傷害，往往並非在當下落定，而是當主觀意識到自己受了傷害，滋長與侵吞的掠奪主體之戰，才吹響號角。

看到傷口流血了，才感覺到痛。看到臉上失去血色，才意識到身體正傳送警訊。被旁人隨口一句的評價點醒，才發現自己的不堪。

傷害的生成，是漸移與侵透，微弱得難以輕易被辨識，蓄積在無光無風的地底。未明而至覺察的過程，經常也來自漫長之中的某樣觸發，偶然的低頭、偶然的聽進某些勸慰，不經意的看見鏡中投射的面容。裂痕照進一些新鮮的光亮，讓那些搖搖欲墜的堆疊，承受不輕不重卻足堪崩落的搖撼，也搖撼了我對自我或對他人的預設與識見。

我想起娥蘇拉．勒瑰恩筆下的《地海古墓》，那被視為轉生女祭司的阿兒哈，自五歲被帶至神廟養大，隔絕世間親人，她被列歸為一個千百世不滅的靈魂，用她女性的身體承接祭司體系的核心價值，並統攝一座唯有她能進入的陵墓。

陵墓正位於神殿之下，有曲折的迷宮環繞。她僅能獨自一人造訪，這是一段無法與他人共享的路程，從起念開始，舉足涉入，便要有融身於黑暗的覺悟。地道內禁止燃燈點火，燈火會驚擾那些統攝黑暗的神祇，又或者可以這麼說，有些事物，非得要是在黑暗中，才能看見。

在那視覺式的真空，連影子都隱身。沒有光的地方，也就沒有陰影，行者沒有向光的主體與投射的陰影，這兩者再無齟齬的被黑暗合而為一。每個人的光明與濕暗被並置，沒有哪一樣是另一樣的附屬品，純粹的暗，收攝個人的所有投射，使零碎的面相成為一體。

小說運用大量篇幅描寫此種陰性的、自我獨有的摸索與往返。阿兒哈在地宮以手代眼，拋下所熟習的判斷標準，例如智識或理性，回歸一種更天然且容易被遺忘的技能，運用在現實中被限縮的感官與直覺，去深掘內裡。

以笨拙代替聰敏，去探尋那個地底顛倒的世界，以掌紋觸撫岩壁的凹凸處，以及岩石相接處的交縫，辨認不同的堅硬程度與手感，感受岩塊承接地層的濕度，夾縫中新舊水痕的嬗遞，以及前方路徑的各種走勢，數算轉彎處，期盼此次的回返，與再次的遊走。

對於陰暗與見不得光的那些謎團，該探詢或是止步？阿兒哈為此展現某種迷戀，她將地宮稱為自己的疆域，興味盎然的摸索。路途中的顛躓，偶爾需要的匍匐，閃避而過的萬丈深淵，路程中孤絕、苦澀、遲疑、歡快一波波襲來，平靜的地底既無風雨，也無季節，個人的思緒在岩壁之間被放大與來回震盪。

當我再度走入戀愛，認識到雙方更加對等的關係與學會拒絕，那早已是以後。

「為什麼十年就這樣過去？為什麼不早點離開？」我更於焦心的搖撼著自己，彷彿無法停止疑問，也無法回答。

當我談起下一次的戀愛，下下一次的戀愛，體會著關係中更加徐緩的交互關照，對等的河床取代了懸殊與湍急，詰問的聲響日漸大聲的麻痺我的耳膜，如果這才是比較健全的愛，那麼以前那樣是什麼？那樣的我又是什麼？

娥蘇拉．勒瑰恩說：「最遠的路徑或許距離中心不到一哩，但路徑曲折。」

回顧那些在極黑境地崩解一地的期望，每每唯有在乎的人，才能擁有刀刃，彷彿經過我的允許，或接受過我的指導一般，直截精準的插入我的軟肋。在漫長相處過程，雙方逐步建立的羈絆，在明知故為的惡意之前，顯得荒謬至極。

那隨傷口增生的迷惘與殘缺，不斷的增生發酵，質疑著我的決定，也讓我質疑著自己。

對方是我願意擁抱也擁抱過的人。擁抱在原始部落中，是關於卸下鎧甲與武器的一種具體表達，以及把最脆弱的胸腹向他人展現的那樣無瑕的信任，作為一種雙方同具共識的肢體語言，我們曾那樣向彼此張開雙臂，我錯信那是一種無須贅述的無言約盟。

人際間的迷走與漫盪，他者言與行的種種相違，紊亂難解的邏輯背後，都有此種約盟作為支撐，令人相信不遠處終究有一處舒闊的平原，作為情誼的中繼。

人性的豐富複雜並不構成交際上的困難，因為這項信念，早已存在於我對於人性的預設。預設人能彼此同理共感，預設人在互動中有一種感受上的相對性，接受善意便付出善意，接受惡意便以牙還牙。

然而真心相待的他人，在明知惡意為惡意，卻仍然決定如此進行的時刻。當接受者覺察，對於情誼本身的失望是其次，真正陷落於震盪之中的，是自己對於人性的預設的崩毀。我怕血，也懼於直視傷口，「為什麼你選擇這樣對待我？」才是我真正想探問又欲迴避的。

所有失敗的人際關係我都想問，也都不敢問出這句話。

了悟與清醒帶著巨大的疼痛，直至此刻，我才意識到，也才終於相信，我受到了傷害。

預設的錯誤，代表著根基的錯誤，意味著我對於人際關係賴以生存的想像，是一幢飄搖的違章建築，疼痛由來自此，令人寧願活在假想之中。

原來人與人之間即使再親近，仍有漫漫的隔閡，像是兩個山頭間最原始的對峙，語言與種族差異巨大的兩個部族，戴上懾人的木刻面具與雉鳥長羽，手持弓矛與盾牌站上瞭望臺。在觀察與比畫之間，雖極力詮釋隔岸的相對者，卻無可避免的落入某種對他人的預設，以及對於他人理解自己的預設中，依此進行種種錯誤的歸因，使系統逐步理所應然，強行建構一種看似穩固的堡壘，安然其中。

預設是危險的，模糊了自我與他人根本的界線，省卻了逐次探詢的費勁，實則我們對於他人的陌生程度，不下於夜晚叢林傳來的未知嘯吼。本該多元的視野成為獨斷與天真，讓交流流於形式，疊床架屋的建造起海市蜃樓。

我無法明白對方的原因，只是因為，他不具有我所預設的人類特質，遺憾的是我一廂情願的以為，那些特質出自於人類根深蒂固的設定，牽動了我對世上所有人類的基本態度。問題本源於此，由此相處過程令人費解的迷霧與煙塵，終於得以消散，我永遠不能理解對方的邏輯，因為我們並非同一種人，人有許多種。

我視野所及之處，其實是來自自我的想像以及誤讀，長年以來，我以為自己清明，實則活在自己一手打造的童話故事裡。

阿兒哈的地宮幾近無瑕的黑，無可投射，無可承接，抹去高低遠近的立體感，平面的黑毫無立體。像烏鴉的黑羽那樣，把握一絲光芒，在稜角處折射出啞光般的深灰，為羽翮向光面翳上一片虹膜。或像子夜海上，吸飽水氣的積雨雲，漫天遮蔽了星光。

在一種如目盲者，視線無所用處的處境，自不會有明眼人的驕傲。未明的展現，相近於這款人為發明的顏色BLACK 2.0，收攝百分之九十九的光線，昭揭黑色的層次與等級，相較於籠統的暗黑，建立精分的度量，與那可無限添加副詞的，關於黑的形容，為黑列出譜系，找出極致。

曲折的地下通道為了迷亂盜墓者，警醒自以為一切將會順暢無礙，予取予求的人。撫摸岩石的雕刻感受不同石材在相同氣候中，溫度上的差異，匍匐著以手掌感受開口的高度寬度，避開迷惑的支道，體會地道的上升與曲線，寂靜迂迴的接近核心，也不可忘記離開的路。

娥蘇拉．勒瑰恩說：「最遠的路徑或許距離中心不到一哩，但路徑曲折。」

有兩件事同時在發生：接近黑暗、遠離黑暗。

時光緩緩的將我推向舞臺前方，依然是有著溫暖的某處未來，我覺得自己長大了許多。某次我向著後來所愛著的人脫口說出「我心疼你為我花錢」，在我們商量著日常的餐廳選擇，彷彿有一種熟習的感受從黑暗的地方輕輕盪起。沒有花太多時間，我記起自己曾經那樣心疼著，如今已經與我背道而馳的人。我記起那段糟糕的感情中，自己並不糟糕的樣子。

那個時候的心疼與如今並無二致，單純的從喜歡的感覺緩緩滲透的暖流，簡單與真心的那樣感覺、那樣想。如今，一部分的我仍是從前的我，珍惜自己傾心的所有，用掌心呵護的那樣的我。儘管傷痕仍在，從震央到輻射線的外圍，細細的網絡，一字一句都是刻出來的，但有一些瘀血彷彿慢慢化開。

我記起另一道感受，在分手那個下午，生理期來了，腹痛難當，體內某些事物正轟然崩落，留下了空缺，新的種種雖未生成，卻彷彿轉向了那個等待開始的方向。

我的身體、我的意志，從某個未明的時刻開始，長久以來在現實的工作之外，已沉默但篤定的為著面對這一切變故進行準備，在我真正意識到一切即將發生以先。

因為我尚有前行的欲望。在無光的處境，發現這種新觀點的暢快轟然閃現，掩蓋了部分的失落。接受許多意義或許在有生之年懸而未決，放下悲傷與自憐，接受自我的誤判與未合己意，被錯待的遺憾。

阿兒哈最終找回真名，她叫恬娜，一如《神隱少女》中找到真名而蛻變的白龍。

「識得真名」的概念在勒瑰恩的《地海六部曲》不斷被重提，意味著去除各種遮蔽之後的所得，屬於悟性的甦醒，找尋到早已存在，但是靜待指認的面貌。像是觸發了某種機關，新的方向乘勢開展，恬娜走出傾頹的地宮之後，便不再回頭。

如絕對的光或絕對的黑，那樣安靜的涵容一切，因為識得的過程必然有所犧牲。並非容許自我被傷害，而是明白傷害也是關係中的一種可能，無所回應也是一種回應，在人生中靜待認明其中多層的含義。

並非那樣寬容而且全無怨懟，但我願意相信，在我力所能及的意識之外，生命的全局是更寬宏的圖像，大過困於一時一地的自我能夠想像的。

敞開的宴席是我對寬宏最視覺化的詮釋。

相信生命是一場宴席，無所排拒的接納一切，像是世上沒有拒絕客人的主人。因所能款待與給予的同樣是無盡的，在宴席上暢飲酩酊的他們隨著燭光的晃動而模糊難辨，當他們在宴會上演述完遠方帶來的故事而再度遠走，我便能識得他們的真容。

原載《印刻文學生活誌》第二一一期

沒有我的樓層

我想像著揉弦的音色間，大提琴溫柔的低吟，推動著手中的弓迎合心中的弦音，帶著一些擔憂，留心三樓偶爾發出的甩門聲，一次我清楚的聽見他大聲吼著「吵死了」。琴音間雜著二樓孩子吵著不吃飯的哭聲，以及那對年輕父母的叫罵，夜晚公寓雜駁際會的音響中，只有大提琴聲是低頻。

入住，我用了一個禮拜吸塵、拖地，再拿著牙刷與肥皂水，用蠻力讓刷毛深入所有地板泛黃的縫隙仔細清理。貼皮接縫處的陳年髒汙，因無力翻開清理，每每眼角瞥及，總不由得猜想其下的地板會是什麼樣的面貌，那些似會自體繁殖的碎屑，是風沙還是某種隱密的小蟲所啃咬？皮相之下，細碎又尋常的種種櫛比鱗次的生成。

每次下班，鑰匙幾圈轉開這扇陳舊的白鐵門，斑駁的殘膠與剝落油漆下露出鏽斑的門鎖，使我總能記起，曾有哪些事物被擋在門外。

第一件被擋在門外的是雙門冰箱，搬進公寓時，因為樓梯太窄，使得這迎合幻想的承載物，就算進得了大門，也無法在上樓處迴轉，進不了生活。付了第二次運費運回舊居，轉手當成二手家電賣出，只剩未繳完長達兩年的刷卡分期，在每個月的帳單裡尷尬的向我伸手。

五十坪的空屋，寬敞暢達。從大學開始租屋，窄小的雅房成為心靈圍城。從前幾次窗戶對著前棟建築物的三十公分防火巷，鼻尖幾乎要碰到對戶晾曬的衣物，太近太滲人。

小房間裡，空洗衣籃疊入衣架再置入小凳，抵著塞滿保養品的書桌抽屜口，即便空間擺置再整齊，挪動各項物品才能騰出位置做事時，總覺像是挪方塊遊戲那樣侷促。若能推開門而去，絕計不肯待在家中，夢裡都覺得窘迫，夢見自己是在水底卻要缺氧的魚，再多水也無法挽救鮮紅色的魚鰓隨著時間漸次轉為慘白。

屢屢搬家，看似沒有盡頭的拆裝與包裹，厭倦了重複無極，我開始將所有當前用不到的物品丟棄，包含不常踞臥的沙發、不合膚質的保養品、永遠等待明年上身的快時尚衣物……連與友人的通信與紀念物，都將它們拍照存檔後丟棄。來不及考慮轉贈，因我如此迫切的尋求可使胸膛開闊的呼吸空間。直到棄置約半臺發財車的垃圾，才終於卸去背上不散的積物，告別無氧的夢。

今日下午，當我將寶綠色的松香畫擦於弓弦，將大提琴安放在胸懷，小心的修飾換弓之間的音符，忖度著與弦相接的角度，保持旋律的連貫。琴身的共振回音透過衣物纖維、毛細孔與聽覺，逐次的圍繞與貼合上背脊、髮際，彷彿棉布拭淨杯盤的水滴一般，流不出來的淚以及在意識之內將要被遺忘的情感，如落葉與樹枝淤塞的溪流，被春天融冰而下的淨水，藍色的礦物質，緩緩經過，一聲聲洗淨了一點點。三樓開始傳來逐漸轉大的甩門聲，我們的發聲都是那樣的慷慨。

閃燃的甩門聲總是湊巧的拉琴之後傳出，我假想那樣的力道若不慎夾到手指時，胸口總不由得緊縮一下。三樓住戶以一扇深色喇叭鎖木門作為大門，邊角的貼皮翹起，門上的氣窗被屋內長年的香灰薰成墨色，上面貼著黃色破損的符紙。我曾好奇他們以喇叭鎖為家屋大門，真的安全嗎？友人笑了：「這種地方不會有人來偷的。」他一說我才從環顧驚覺，這棟老公寓沒有電梯，樓梯間壁癌與破洞的水泥窗花，是繁榮的T鎮市景中，被忽略的一塊灰色缺角。

看中了這一層兩戶的大坪數，想讓貓兒們擁有曬太陽與奔跑的疏林莽原，返祖成為小獵豹，追逐時邁開腿暢快的不用踩煞車，也將陽臺裝上護網與貓跳臺，日出後能把皮毛曬出布丁與烤番薯的味道，因而並未真正意會到公寓的簡陋，也一無怨言的上下步行數樓高的階梯。

三樓的男主人，一口齒牙被檳榔染成紅黑，鎮日咀嚼讓他的法令紋像兩撇鬍子，平頭上有花白的短髮，偶爾在陽臺抽菸，菸味順著陽臺飄入各戶。他多數時候在家，偶爾下樓下便利商店買高粱與菸，隨心情板著臉或帶笑。他的妻子將膨髮粗略紮成低馬尾，步履匆匆的閃進閃出工作、購買日用品、追趕垃圾車。

我常看著三個穿著國小制服的兒童出入，以為是他們的孩子，但當某次聽見小孩喊他外公，才知道他們雖與我父母年紀相近，已為人祖父母了，三房兩廳中，住著一家七口人。一次我忘記扣上樓下鐵門，三樓的男主人在大門口不客氣的問我，知不知道這一帶治安有多差，附近混混還曾經惡作劇，半夜順勢上樓在他家門口撒尿？

我只是冷冷的看著並未答覆，待他說完便走上樓梯，為著壞治安心驚，也覺得看著鄰居年紀輕便當自家孩子說教的態度，無禮得讓人不想反應。一人一戶，各起爐灶，但也清晰的感受一種未可見的壓迫，亦從其他人的領域，幽幽的漫入我的門戶。

傍晚，紅蔥與肉絲爆香的氣息，從三樓的排煙口瀰漫在四周，溫潤的蒸氣、排列碗筷的聲響，令我幾乎能看見濁白色的湯碗，盛著米粉、蝦米與青綠的韭菜。那是家裡有人氣，冰箱要調動食物順序才能壓上門，時常開伙才能有的溫柔氣味。若是在細雨如織的夜晚，霧漫漫的水氣更是讓人疲憊發懶，想家的我垂著頭罩著外套，在騎樓間摀緊領口，提回領來的外送餐點，經過二三樓吸滿一鼻腔的家常味。

三年前來到T市求職，開了一間作文教室，教學方式在市場上恰好與其他補習班有所區隔，便也就這樣找到客群、安頓下來。只有每月休假的時候，能回家吃上父親的料理，番茄炒蛋、栗子燒鴨、紅燒魚、筍湯……盛上幾口飯，有挑揀菜色的餘裕，盤著腿上沙發看著電視上的闖關綜藝節目，調侃主持人不變的套路，話語來往間，咀嚼著尋常光景。

記得一位好友曾跟我說過，她選擇結婚的原因簡單極了，因為多年來的單打獨鬥，使她耗盡心力，從前嚮往小家庭的她，如今樂意與公婆同住，因為她只想要有一個隨時有熱飯可以吃的廚房。我理解這樣的心情，或許在某些夜晚，我也想過餐桌上能有一個防蠅的飯菜罩子，瓦斯爐上有著冷湯，點著燈點著火，幾分鐘又是暖暖烘烘。

「你再哭、你再哭，到底哭什麼哭啊……」我聽到那位年輕媽媽邊罵著，她的聲音委屈得自己也快要哭出來，小女孩淒厲的叫聲還在繼續。巴哈無伴奏第一樂章，我跟著前奏曲，彷彿車軸帶動車輪的節奏，穩定、明快，令我想到初曉的田園。一閃神，孩子的哭聲又令人悽惻，三樓的抽油煙機轉起。有時候拉琴也令我羞赧，我的琴聲是否諷刺著柴米油鹽的實像，我在生活，他人在生存，若沒有加入我的對比，令雙方皆羞赧的對比不會如此鮮明。

大雨將至之前，涼風從天井灌入，我大口的吸氣，讓空氣灌入胸膛，挖一球香草冰淇淋到玻璃缽盤，配著巧克力脆片吃了起來，好不容易脫離原生家庭的自由雖不溫暖，但急著栽進另一個家庭，歸順到每扇門後的小團體，亦未必是答案。與前男友交往邁入第十年，面對愛的易變不久，我懼於增加賭注，更懼怕對日久未消的矛盾視若無睹，只為把兩人繼續捆成一把，燒出溫暖的火光。

不結婚生子嗎？家長們總是對我好奇，但我常想，有孩子也不一定要結婚的。何況我從來都沒有要孩子的打算，「你一個整天接觸小孩的人，自己不想要孩子啊？」熟識的朋友都好奇。

二樓愛哭妹妹的爸爸媽媽，三樓當了外公外婆的鄰居，他們還相愛嗎？還是在生活的戰場中，各自為師，面對著無人能涉的戰局，甚至干戈相向的爭吵聲也沒少過，夫妻幾十年走來最美的回憶只有初見嗎？

我無法想像二樓與三樓的女人，是否希望能拉大提琴，這個世界允許女人在婚姻與育兒的空檔之外拉大提琴嗎？小時候我記得清楚，母親結婚之後也曾掙扎著想維繫自我的夢想，她學語言、計畫留學，印象中長輩曾有過怨懟：「為什麼你媽都把資源放在自己身上？」的確，若沒有父母親投注的資源與犧牲，便沒有如今這個倔強的我，但令我不安的是，後來他們的夢想哪裡去了？

期盼生活中，我說的每一句話、做出的每個決定，都要是獨立而且完整的，像是一棵枝葉繁茂的大樹無懼單獨的矗立在荒原之上，在春天開出一點細碎無芳的花芽。於是那個人，成為了被擋在門外的第二項事物，連同十年的感情、美好共行的想像，一併擱置於那個難以動彈的樓梯轉角，因現實如此逼仄，空曠的房間也讓人醒得早。

當初房東裝修這間房屋時，鑿漏了水管，長年來滲濕了樓下住戶的天花板。房東請過幾位抓漏的師傅來估價，想到工程浩大、價格不斐，索性就避不見面拖下去了。樓下的老先生，每天淚汪汪的按響我家的門鈴，重述一次漏水的故事，他說：「里長教我，要每天來給你壓力，這樣你就會催屋主處理。」但洩氣的是，我聯絡房東也得不到回應。於是我致電里長求助，里長聽來持平理性，但在掛電話前不忘提醒我：「樓下老先生精神狀況不太穩定，你不趕快找房東修理，我不知道他會做出什麼事。」拙劣卻循環不息的干擾，如漏水般，如撒尿畫定地盤般，那道門彷彿只是喇叭鎖築成的脆弱屏障，空間邊界被不斷流滲與重畫。

友人們都勸我搬離。可是幾年之間南北的遷徙，與家人乖隔、與所愛之人的別離、工作場上的角力，用盡我蓄積的力氣。獨行於世界，遠離那些隨時有熱飯吃的廚房，這樣單人的航行真是快意也真是冰涼。

這些辛苦難以向任何人傾訴，當你舉起磨利的刀槍只是為了自我而戰，要如何期望一群人民，甚或是一位國王向你說聲「你辛苦了」，自闢的戰場與他人何干？可以選擇團體賽的遊戲，拗直的只要單槍匹馬，就該預視樓臺獨對的淒涼。

我獨身一人住在可以擠進全家人的大房子，一間房間我置入四個五層大書架與書桌，一間客房有著柔軟的雙人床，鋪上藍色格紋水洗棉寢具，地上橫置著大提琴與譜架，供我午睡與練琴。一間房間有著米白色的寢具與木製的床框，加上散落一地的貓玩具和跳臺。小時候到迪士尼是我的夢想，如今每年生日，我都讓自己在灰姑娘城堡下戴上米奇耳朵微笑，像是一個最寵溺孩子的父母那樣寵溺自己，在這棟房子裡，我成為自己的雙親，成為自己的兄弟姐妹。

當琴聲揚起，像風一樣穿過大樓的孔隙，我想到媽媽在我小時候也曾讓我學過一段時間的大提琴，某次她聽完我的琴音提出建議時，我不屑的眼神惹她傷心，她說：「如果我不是讓你去學，而是我自己去學，那我現在也會拉大提琴了，你知道嗎？」

我也沒有跟那個男子說，不願走向婚姻，是因為父母在我眼中已經是幾近滿分的個體，後來他們同樣是離異了，而我身為子女，在成年後卻急欲逃離他們。這當中的吉凶起伏，是否在結合之初就種下？或是渴望獨立的人類，從來就不該妄想結合？

一日之盡，我提著沉重的盾與劍，躲過所有生活的逃殺，甩上陳舊的白鐵門，門外是我極力抵禦的愛與不愛的事物，縱然不捨，但我仍然沒有回頭。拾階而上，每個樓層都是生命中每道可能的路徑。我以腳跟扣擊著階梯，向可能幸福的路徑一一道別，道別婚姻、道別子女、道別家庭，道別門內的團體世界，走向孑然又自傲的獨身。

二樓的妹妹壓下歌唱布偶，牙牙的跟著唱起來；三樓的家中冒出烹調晚餐的香氣，朦朧的氣窗散發溫暖的光，那裡有隨時有熱飯可以吃的廚房。

在那個搬走前的冬天，我不願成為我的鄰居，卻又羨慕著他們。

起床第一件事是先微笑

枝幹的斜角彎繞，在膠白色的背景下更能讀得清，末梢隨秩序生長的葉片在幾棵樹前後疊加下，叢集成色塊，色塊外圍因光照而有些許淡紅色的錯覺，其餘零散的枝枒則勾住漸漸轉灰淡的天空。一個精準未被預先透露的時刻，群鳥同時騰飛，那些隨著枝頭剪影隱身如葉片的禽鳥，算準時分搧動羽翼，投身於天空，在那樣的時刻，來不及仰頭看就一閃而過的神祕時刻。

我們穿行而過，往林木稀少的高原方向走，我的意識隨風翻飛，時而在過往圖像的邊際兜圈，時而降落在眼前開闊的青綠草皮。阿迷拉著我往遠方的木製柵欄邊聚集的人群而去。

「這隻我打不過。」他指著那隻趴在地上打盹的公牛說，他看到牛第一句話就這麼說，我噗哧笑了出來。一隻白羽黃點的牛背鷺，踩在牛的頭上神氣的樣子，也引得行人們發笑，他說如果有一天要寫擎天崗，可別忘了這隻白目的小鳥！

隨即我們動起玩心，討論如果要將這些牛裝進他的車子裡帶回家，裝得下幾隻，之後可以養在哪裡，還取了名字。我們一面估量著不久後可能會降雨，一面貪著再往前多走些路。疫情所扼，上一次感覺到從樹冠吹來的風，至少是半年之前，因為疫情封城我已許久沒見過這麼多綠樹，忘記天空寬大如此。

為了一碗炸醬麵，上次我們也在疫情期間出逃。改為線上教學之後，我鎮日守在空蕩的補習班與住家，獨自對著電腦螢幕說話。線上教學不似於實體課程，少了同步的眼神與手勢表情的細微交流，只能以話語填充所有縫隙，師生之間大量的反覆確認只能依賴聲音，高度專注的分分秒秒耗費多於會面時的精力，幾個月長期下來傷損了喉嚨，我累了也想家了。

當整個城市像是一座突然被拔掉插頭的機器長喘一聲，相互咬合的齒輪與紐帶頓時失去動力，只剩熾熱的爐心等待冷卻。附近的百貨難得在白日熄燈，騎樓那些曾冒著蒸氣鋪排桌椅的小吃攤販，近期只剩停放在角落搭著木板並收攏的攤車，對外窗傳來公車鬧耳的啟動聲也稀落許多。早晨我在一個空白的城市中洗漱著裝，夜晚在寂靜中睡去，世界好像剩下我一個，疫情先是讓人恐懼，長久下來則有些煩悶與失落，平凡的生活無望，封城看似沒有完結。

一個五點的早晨，阿迷開著車來，叫醒睡夢中的我說：「這個時間沒有人的，別怕，我們去宜蘭，全程都不下車，走！」走吧！沿途有寬敞的道路，最難得的是得以移動，彷彿在輕快的河中順流向前，成排的樹綠成一道道光刷刷飛過，閃閃爍爍的水光濺向兩岸。我興奮的跟他說起貓的瑣事，說起家人，直到喉嚨又痛了起來，才換成點點頭或搖頭聽他說話，一路通暢無阻的逃離封閉如培養皿的生活。

停在攤前，看著老闆持著木柄，沖洗水漬帶深木柄顏色，厚實的手掌往鋪在鍋爐旁的白色毛巾一擦，掂量之後拇指食指擰下一束沾著些許麵粉的米白色細麵投入瀝杓就著滾水以長筷翻攪。蔥花蒜泥芹菜醬油食鹽從小鋼杯裡熟練甩進瓷碗，接著是一杓散發油香的褐色炸醬，木筷轉動兩圈麵條起鍋進碗，反覆夾起整碗麵條，讓醬汁裹上每處。

直覺式的動作讓我著迷，反覆老練之中紛雜的焦慮暫可鳴金收兵，是時空中某種足以抵擋洪流的礁石。我們買了炸醬麵在車上就著紙碗展開塑膠袋，阿迷將麵拌了拌，再打開熱湯放涼，夾上一顆魚丸放進麵裡給我，我有些驚訝的接過，吸了一口麵條直喊好吃。

阿迷會記得先讓我吃下第一口飯才顧著自己，或是給自己倒了水後會先遞到我面前，不管重複幾次我的心底總是會微微顫動，為著他總是記得我。

怎麼樣的對象才是真正適合的呢？身旁的師友問過我幾次，「要愛我。」、「這太寬泛了，愛你不難！」他們說。

妹妹形容過妹婿，說妹婿是無論睡飽或疲憊，起床都會微笑的人。

那樣的形容使我對生活展開陽光般的浮想，本能似的包容，在充塞於細節的日子裡有一種柔軟的撫觸。並不是不會生起床氣那樣簡單而已，而是意味著相處的溫度暖和不灼傷肌膚，亦不冰冷尖利，無法言語的時候都還能留給對方一個上揚的嘴角。我希望對方起床第一件事是先微笑的人，以及具有幽默感，我想遇見那樣的人，而我也將溫暖以待。

前些日子我趴在枕頭上，用視訊與阿迷道晚安，他找來何潤東演《西楚霸王》片段給我看，只見項羽跟項梁說：「我要學萬人敵。」阿迷學著正經的表情與虬髯大漢低沉的嗓音說：「我要學……萬人迷。」他綽號就是這樣來的。我們對著螢幕玩鬧一陣，我用勾起的腳掌在螢幕裡晃一晃說，嘿你看，我用腳說掰掰欸，沒想到螢幕裡他也學著做一樣的動作，我忍不住截圖，我們看起來像兩個傻蛋！

相簿中一張張笑著與傻著的截圖與相片，那些差別不過分毫以精工鍛造的光影，是薄若蟬翼的時空切片，若是連拍便能如早期電影膠捲，重現三維空間的一切連續畫面。

宇宙由始至末彷彿一大塊麵包，過去現在未來皆於創生時刻成形（新鮮出爐並飄著裸麥香），拿著麵包刀任意切出切面，有的是灰白色棲有鴿子的哥德式尖塔，濛霧氧化的古鐘停在震盪起始時，鐘擺仍與地面垂直，將要隨鐘面搖晃。或黃昏時下放的窗簾布幔垂墜停在半掩的弧度，窗內一雙戴著隔熱手套的手正端著燉鍋，鍋裡隨步伐斜傾的濃湯有半浮的馬鈴薯。

下一塊切面阿迷遞送的手停在半空中，碗裡是醬色油光的蝦仁炒飯，連碎蛋與青蔥都飽含鑊氣，桌上擺著熱騰騰的金沙豆腐絲瓜蛤蜊辣子雞丁。陪著緩慢邁向全素飲食的我，一起用餐他已少點牛羊豬肉，那是一個同樣忙碌的週六，整日高壓忙碌的我剛下了課，訊息裡說不餓，他追問原因我隨口胡謅：「不知道，水星逆行吧！」沒多久他就拎著熱炒過來，布置妥當要我趕緊吃，熱食從喉頭吞嚥下去，才發覺自己真是餓了，緩緩回過神來。阿迷盛了炒飯往我桌前送，翻看照片時我也才發現，炒食便當盒的開口都向著我面前。

某次在臺北錯過了班車而打給阿迷求救，他開車將我送回家，不忘上樓逗逗貓咪們。我忙著張羅貓咪吃食，偏頭張望總見他不時進進出出的忙碌，最後他滿意的穿上外套拿起背包說「掃好地了，床鋪整理好了，床上的貓毛貓砂也吸乾淨了，等等你洗完澡就可以直接睡囉」旋即自己開著長途車回家。某次我出門又忘記帶鑰匙，時值半夜打給鎖匠發現費用驚人，坐在便利商店的落地窗前，晃著腳吃著泡麵消磨時間。想起學生時期讀過的情愛小說，女孩被反鎖在門外向陪她的男孩哭著說「沒有家的感覺好可怕」，害怕嗎？我問自己，應該是有一些，但當時刻意的關閉了情緒。喝一口碗中的熱湯，傳了訊息給阿迷：「鎖匠說開鎖費用一千，我想問你……你想賺一千嗎？」過了一會他傳來訊息：「你在全家吃泡麵的樣子超呆，我正在附近停車了。」

那些眾多且精準未被預先透露的時刻，存有的一切散逸在時間記憶各處，成為時空本身，這樣的假想中我們並非如固有比喻的那樣在似水流光中乘船前進，而是我們即為河水本身。人類散布在時間之中，大腦順著想像或既定的時間流向，來感知時光。

那或許彷若迪士尼小小世界的布置，隨著流向前行，已存在的擺設在你來到以先的幾秒鐘打上燈光，播送音樂，草裙舞、地中海建築、刻板印象已然成形並尋求關注，在你我所及之處被理解或質疑，對個人或群體形成意義或記憶。待群眾向前，注目過的地域仍然存在於行經的路徑，過去現在未來同時存在，只是以人類的能力難以回返，在意識上便彷若消逝。

是否真如愛因斯坦所說，時間是一種持久而頑固的幻覺？某個晚上換上長袖睡衣喝下幾口水，吞服維他命C，踮起腳尖鎖上較高的那扇窗，沿途關上樓梯與書房的燈，暗影隨著我的腳步收復失土，光腳踩上冰涼的地板，看見貓咪正窩在溫軟的被褥上。那一刻，我突然深深的想念起阿迷，感受胸口之內蘊生流淌的情感，由地表下繞過樹根的伏流匯入主要情感的河道，以獨有的溫度、成分浸漫其中。

並非第一次對他人想念或第一次傾心，但每一次並非複寫或相疊，而是滲透每次愛戀的匯納，隨行經之處的各個季節雨雪與岩層的濾洗，透過難以抹滅的細節產生微乎其微又難以言喻的質變。

希望他此時就在我的身邊，但想念所生發的頹喪與焦躁，那些微弱的電流刺激，並非無意義的羈絆，而是使我意識到自己的情感流向。每片時空的容量悠緩而稀薄，即便如此我也不願得著綜觀的視野，更願順流浮沉以老派的轉速，體驗萬千齏粉如何在河岸匯聚成塔。

一日阿迷提了一大袋各式稀奇的包餡米果與鬆脆的爆米花，讓我放下手中的事，煞有介事的隨他安排試吃各款，猜猜口味與價格，我倆邊嘗著邊開心的打分數排等第。我注意到每款盒裝甜點都拆封了，問了才知道當天早晨到貨時他將各式餅乾試吃一塊，覺得美味便忍了一整天不再吃，晚上全部帶來與我一起玩玩嘗嘗。

我們特別難忘烘得圓膨膨的星球爆米花，我將焦糖與起司裝成同一包，搖一搖混成甜鹹口味，他獨鍾櫻花蝦海苔的，最後珍貴的一顆還想要讓給我。隔日他問我還想吃這種爆米花嗎？他可以再買。得知我前晚看他喜歡，自己已經搜尋到購買網站，為他上網加購了，兩人都籠罩著某種可貴的暖意。

乘著車往陽明山上出發的上午，我齒頰間還有早餐紅豆吐司的甜香，行途間的話語逐漸被收音機的歌曲取代，那日的電臺連續放了幾首熟悉的情歌，聽進了歌詞，字句的觸撫煽起澱積的思緒，水花拍疼了胸口。我記起一段如十四行詩般的戀情，曾說好與對方有一日能到陽明山頂某個難得的觀望處，注視山下在暮時同時亮起的燈火。

那時刻我如此清晰的感知，柔軟如河水的時光，漂浮著迷霧般的細小水珠，從後方張開又閉攏的包覆著車殼與車中的我與阿迷。穿行而過的時光，俯身便能掬滿併攏的手心，可能發生與實際發生的影像像是兩張透光的描圖紙，在某個時刻重疊，緊接著相互交錯，那些不會發生的從宇宙麵包的氣孔散逸而去，讓未曾延續而浮盪的泡沫與此刻分秒之外的薄影，隨著淘洗越印越淡，紛紛從未來的切面中掙脫，諭示著僅此一次的人生。

那個時刻，我感受到了人生的重量，並且明白自己不曾擁有任何事物，萬事的此在與曾在，只是如水流經而過。坐在副駕駛座，我悄悄的任由眼淚從眼角流下，不願驚動阿迷因而刻意不用手擦拭，期待藉由口罩遮掩情緒的陷落，我自欺他的注意力在駕駛時用於觀測前方道路並未注意到我。

事後我講給老師聽，說自己不合時宜的那樣就流下眼淚，她認為阿迷其實都知道的，相信細心的他在當下一定有所覺察。我努力回想，下車關上車門時，從後照鏡看見自己泛紅的眼眶，當下阿迷仍舊說著他上次與朋友來這裡的趣事逗著我笑。

「你當時發現我哭了啊？」為了驗證老師的猜想，我還是問了阿迷這個問題。

「我開車的時候都用見聞色在開，注意力都放在你身上。」我若是他，大概無法忍住不問。因而又更認識他一些，明白那些輕快的話語來自他的安慰與觸撫，那樣的路程上他忍住沒有說出口的猜想，在治煉雙方關係的過程裡，予我足堪回身的個人領域。

「什麼是見聞色？」我更加好奇了起來。

「海賊王裡面的絕招！跟你說真的吼。」他看我又笑了起來，怕我覺得他在鬼扯。

我當然相信，只是覺得這些時光如此可貴，忍不住側過臉頰吻了他。

原載二〇二二年二月二一三、二十三日《人間福報・副刊》

坐在遊覽車最後一排的人

當我倚著桌面，在熱水中晃動著茶包，看著兜著曲線的茶色隨著水流在玻璃杯裡鋪染。阿迷走了過來，喃喃的口吻說出腦海中的念頭「來看看這裡有什麼好吃的」，習慣又放鬆，彷彿我們自幼坐擁這間書房。

一回頭才發現，這裡已經有如一家零食專賣店，各樣紙盒或鐵罐，先是在置烤箱與微波爐的木桌擺放，逐漸的日漸豐富的鐵盒與包裝袋子依照幾何擺放至置物櫃中，像弟弟看到時說的那樣：「你是搶劫了一家商店嗎？」

右下角的小格有藍色六角形的家庭號小熊餅乾，還有草莓、巧克力、黑巧克力口味的小包裝。忘了由何處收購而來的咖啡看板，看板上，手繪的咖啡杯透出底面的木紋。袖珍的檜木小箱子、棕色藤編的昭和時代保溫壺，恰好有一個容身的方格。

大理石紋的白色鐵盒牢牢的保護著怕貓兒調皮誤食的巧克力：萊佳的圓形榛果巧克力夾心酥，河馬造型威化以及次郎小猩猩為主角的巧克力餅，包裝多是桃紅或藍色配鮮黃比甜度還要更加大膽的用色，外層塑料透明覆膜未有揉摺，被袋中的甜點繃得鼓鼓。

現居的處所被作為書房的那個房間，在白牆的中段，有個以大小不一灰色木格內嵌的置物櫃，格子太淺，高度也難以置入書本，總是空洞洞顯得突兀。

機票日期在改動兩次而未見疫情緩解後仍是退訂了。空間上的挪移靜止，但固執的想像力仍然鼓譟，總要找點遊戲，讓手機相簿裡的生活片段至少能顯出日與俱增或俱減的一些些什麼。網頁遊走間，看見了新奇的雜貨特別是零食，也往往以此說服自己，一樣樣搬進屋裡。

You want thingamabobs?

I got 20!

一格裡日式豆乳有芒果、杏仁豆腐、蒙布朗、起司蛋糕、牛奶糖、布丁各式口味，宛如花灑灑下的各色糖水將生活洗得甜膩，只要看見童趣的包裝就令人不自覺開心。還有一格蒐集所有我吃完的阿波羅草莓巧克力盒，富士山形的三角巧克力，山間的積雪是粉紅的，直要往山腳無聲奔湧。大阪食倒太郎的布丁紅白馬戲團條紋，與外盒探出一雙貓耳的巧克力貓咪餅，次序的疊放桌前，我吃得慢也吃不多，但看著就覺得秩序中有一種豐好。

「我想到怎麼形容你了，你就是那種國小班遊坐遊覽車最後一排的人。」正吃著奶油夾心餅乾，聽阿迷說著國小時期的趣事，我突然想通了這個問題。

「什麼意思？坐後面才好玩哪。」他不知這突如其來的形容是褒是貶。

「你是不是敢在車上跟每個人要零食：『給我吃一個，謝啦！』那種人？」

「我從遊覽車後面一路吃別人零食，走一圈，我就吃飽了。這是什麼心理測驗嗎？」十分老實的自白。

「這是全班學生的性格分類。」我補充，學生時期班遊，遊覽車最後一排，五張連續座椅加上往前一排的兩組雙人座位，是風雲人物的小包廂，笑鬧聲如沖天炮一樣整車亂炸，出遊的氣氛仰賴這些人炒熱。他們跟某些老師可以稱兄道弟，又可以在課堂上逗得年輕女老師仰天大笑，像小丸子卡通大野、杉山那種，多數同學暗自羨慕的傢伙們。

我則往往坐前排或老師隔壁，並非同學會上所有人都記得的那種人物，我們就是班上不同的兩種人，維持世界某種性質恆定的相反者。

「想吃就吃啊，只有一份的記得留一口給我喔。我覺得當大人太值了！」我雙手圈著阿迷的脖子對他說，我常常還有一夕之間就長大成人的錯覺，好像在一個肆無忌憚的夢裡擁有自己孩提所夢寐的一切。

知道我這次旅行本要到大阪與京都的，應該只剩下棄置了的行程表，這樣想來，在我制定行程、訂購機票時，與我與阿迷共分同一包餅乾的，都還是我們前一位愛戀的對象。

預定的行程沒有實現，預料之外的訪客卻如約而至。

阿迷說小學一二年級時，在學校發現了指甲大小的蝸牛，在家或是幼兒園從未見過而且真心喜歡，於是像蒐集星星那樣一顆顆拾撿。某次尋找著這些半透明又冰涼，有一對漆黑小眼睛的生物，鐘響過了，他流連於繼續翻開樹葉，在花壇的邊緣或陽光未及之處忙碌，直到下課鐘響起才讓他驚訝的意會沒有人發現他的消失。於是他往往在上課時間，於校園的角落殷勤尋找蝸牛。

他一般會帶著一至三隻隨身，蝸牛有時會爬出口袋，膽小的縮入眼睛再放出眼睛，偶爾他會借給朋友耍耍，那是當他在外玩累決定這節回教室休息，下節再逃課出來玩的時候，我入迷的用文字重述著他的故事，像是書架上一本風格獨具的小說。

而女生總是特別害怕這黏膩的生物，奇怪的是她們對於醜陋的蠶寶寶愛不釋手。二年級某一次，阿迷在某次因為帶了太多同學一起去抓蝸牛，上課時空著的座位太多而終於引起老師的疑心，「我沒聽到鐘聲啊」他忙向母親辯解。

聽他說著，我震驚於自己小時候在正該玩耍撒潑的時候，並未對世界大量發問，膽小的吞下了青椒與木耳，未想過對於孩子，世界總是設計了一些較為寬容的關卡，在阿迷尋找Bug使用密技的時候，我早早便收斂起玩心，一個順民得錯過多少難得的冒險。

某次小時候忘了是什麼原因調皮，他將要被父親處罰，父親提著棍子與他繞著茶几家具彼此對峙。被打還敢跑？我插話。被打還不跑？要被打了耶！他說服了我。

「等一下！你要打我幾下？」「等一下！你會打很大力嗎？」他像是糖果屋裡機智的漢斯，拖延時間，一面轉移大人注意力，只聽父親回道：「你管我打幾下……我會打很大力。」

阿迷慌張了起來，每次一邊繞跑還要竭力從齒縫擠出新的說詞來過招，他也會說：「等一下！我有話要跟你說，真的啦，我真的有話要跟你說。」或是：「我有一件很重要的事要跟你說，一定要現在說。」他急得跳腳。

「我要跟你說一個祕密！」這句話奏效了。

大人會接著問：「誰的祕密？」國小阿迷的腦袋瓜又轉了幾圈，他想說是爸爸或媽媽的祕密都不行，對著拿棍子的人他也瞎掰不出什麼對方的祕密，而若對著爸爸說要講媽媽的祕密，當媽媽加入戰局他賠率就更大，於是他說「我的祕密」。

大人回：「先揍完你再聽你講你的祕密！」ＧＧ，闖關失敗。

有次父親也停下腳步，想好好聽聽他有什麼話非要現下說不可。

「你說！」

「那個，欸，等一下啦，我要說了，那個……你可不可以不要打我？」阿迷說完，我們笑得直不起腰。

至於後來有沒有被打，阿迷也忘了。但他說被打時也要持續溝通：「你看棍子都斷了，我會被打死掉啦。」小阿迷別過頭使了個眼色對畫面外的我悄聲說，其實棍子本來就很脆弱，打之前就顫顫巍巍了。

國中時期，某次餐間外婆為我夾菜，媽媽吐槽說我總是接過應著好，最後那菜還是留在碗底沒動過，我想那是我並不習慣搖頭，也從未學會如何好好的拒絕，只想著如何不傷人。

有次向媽媽提議，明天早餐去市場吃我喜歡的麻醬麵吧，她竟然同意了，在從小教我們家裡煮什麼菜「不喜歡吃就吃一碗，喜歡吃就吃兩碗」的規矩之下，我終於發現了遵循之外也可以商量，可惜找出祕技那時我已成人，再也不會有人逼我吃下任何不願放入嘴裡的食物。

「你每一次都盡力掙扎了呢！真羨慕。」我托著腮看他，如果早點認識他，我會不會更有幽默感的答覆自己的人生？比如把零零落落的小雨看成是一場天空的遊戲？讓現今許多跨不過的問題，從初始便不足以成形，或者我曾有機會成為另外一種性格的人。

阿迷的存在提醒我，人生有很多活法，不用承擔那麼多違背心意的壓力，可以的話，拗折生活而非拗折自己，像是漫畫人物跳出漫畫框，使勁將它撐得更大，像是不願答的題目就不要回答，爽快的翻過這一頁吧！

如果世界本質就是模糊的，為什麼我們要費盡全力去看清？我沒有理出一個頭緒，但愛一個與自己如此不同的人，可能是一種換句話說的回答。

今年初我許下心口合一的願望，希望對事事物物若能有所明瞭，或者知道最佳的應對方式，便當如此去行。實踐之後，便不可止於人際酬酢的敷衍，說出祝福的話就要真心祝福；對著誰說要讀他的書，便真的要去讀。

與文學共存的眼光也是，這些彎繞與迴折並非浪漫使然或是感性氾濫，只是一種人生節奏，然而也只是活法之一。阿迷那樣明澈的人生窗景，自然也不是粗枝大葉的幼稚，我羨慕他相信自己說的每句話，早早的與人生和解甚至勾肩搭背。

複雜的人生很簡單，幾乎不費吹灰之力便能輕易成形，但明朗的人生除了靠運氣，也得獨當一面的選對每條通往平穩大道的岔路口。某次我們起了彆扭，我因為他的某句玩笑話而感到悲觀，我平靜的告訴他，儘管不捨但此間透露出的鴻溝卻無法遁形匿跡，他所輕看的恰巧是我在乎的，磕磕絆絆的走向彼此將就討好走向僵局，不如現在分開，省去幾分力氣，在對方心中也不會變得太過醜陋。

當晚見面時，他告訴我今天一整天他都心神不寧，他張開雙臂邀請我側坐在他的腿上，雙手環抱著我，緩緩的說話。說他在家裡見長輩有些寂寥，習慣做一些誇張的動作或說些詼諧的內容逗他們開心，從此往後看見喜歡的人沉寂下來便忍不住想讓氣氛熱鬧些，未免口不擇言了，希望我能夠明白這些來由，接受他的道歉。

他對於自己的心情與立場是如此坦承又理性的說明，雖然他的眼眶泛紅，彷彿是來見我的路途間掉過眼淚，那晚卻使我驚訝於，他帶領我處理彼此衝突的方式，正是我所想像的那種互諒的溝通與理解，他並非與我是文學的同路者，但他在待人之中已是一種人文關懷的實現。原來人生的歷程與際遇疊加起來，我們相抵至無可化約之後仍然異中有同。

諸如雖然在地表之上成為大人是理之必然，但我們都想在對方面前返回一個孩子的原型。

村上開新堂的餅乾寄來時，阿迷也一起開箱喀滋喀滋的享用。我們最鍾情裡面的三明治巧克力奶油夾心餅，有一層細緻的紅豆沙或芋頭沙滋味，滋味隱約，吃了只覺好吃，一時猜不著原料。整盒中僅有四片，他看我如此喜歡，細心的拿了一片便沒有再吃。

我掙扎了一個晚上，覺得剩下兩片獨享未免殘忍，於是傳訊息告訴他：「一片幫你保留起來，我不會吃完！晚點有空可以去刷一下存摺，國泰世華有嗎？」

「有啊！」

「嗯嗯，我就是存那家！你等等就可以去刷存摺，上面就會有寫，你有一片紅豆沙巧克力夾心餅！」我也不知道放著能不能生利息，因為下次見面他已催促著提領，一口滿足的吃下。

整盒餅乾在用餐後或看電視時夯實了肚腹，某次我們打開盒子，見其中只剩一片，戲劇般的慢動作將視線從盒中移出，兩人互看。會給我吧？或許他也是這樣期待我讓出，我們沒有開口，像在等候著什麼。時間在主觀上漫長的凝結，直到他緩緩開口說：

「一人一半？」

「怎麼有這種答案啦？」我邊說邊笑的將餅乾折半，這無厘頭的答案並不在愛情故事的腳本中吧！

某次視訊通話，他在鼻孔裡塞了兩團衛生紙，說自己剛剛擤鼻涕時忽然有靈感，可以表演周星馳《九品芝麻官》裡面開棺驗屍那段給我看。此外阿迷對「男子漢」三個字很執著，他說男子漢是不用叉子跟湯匙的，在家吃蛋糕總是只用手小心的拿著，我說這樣很像泰山，但泰山也是個男子漢沒錯。在外吃甜點怕引來側目倒是不這麼做了，但我期許他在外也能貫通這項信念。

某次用餐我趁他沒注意時先付了帳，用餐完畢之後拉著他的手快步往外走。「你付了嗎？」他問，我搖搖頭說以為他付過了。「怎麼辦？要回去嗎？」他說，一邊拖慢我的腳步。

「這種時候當然是要趕快跑。」我拉著他狂奔進電梯，他一路欸欸欸的被整得十分錯愕。

進入天堂要回返成孩子的樣子，那麼能讓人回返成孩子的地方，也是極少見的好地方吧！

有個夜晚，阿迷看我獨坐於桌前組織著書中的對照與隸屬，牽引出各樣關聯，為著書評切入的角度而垂首苦思。時值三點，我看他有些難以啟齒，卻又還是開口告訴我，其實我可以寫得簡單些，讓那些文字使每個人都可以看懂，也不用輾轉熬夜，因此接著他說：「你有沒有看過《富爸爸窮爸爸》？」

我笑著解釋給他聽，其實文學書與財經書在書店是分放在不同書架上，但我也懂得他意思裡的體貼，那個沉靜無風的夜晚開始有了笑聲。而我也會記得，他不喜歡文學書，卻認真的讀完我的第一本散文集。在我某次向他談起母親與我，他回：「或許她的父母也是這樣對待她的吧！」不過分理智卻智慧的化解我的情緒。

人生如此漫長，我們這一生將會與多少人吻過同一杯飲料，並肩看同一場煙火，充滿默契的望著對方傻笑？我雖不知道也不急著知道，擱延的行程只是擱延，該抵達的總會抵達。

但在起始與終結之間的交織交會，我們曾毫不羞赧、歡愉、眷戀與狂歡的，使用「我們」這個詞彙框起彼與此，結成一個緊密的環節，在各自的山川闊土留下共同的地景。

那是我們的狂風暴雨在樹冠上沿綠葉的溝痕下墜，隨著相連的葉脈與葉彼此承接，因而濕潤了樹幹與其上雜湊的藤蔓，活絡黑土中的微生物，滋養我們的苔蘚，我們的初雪與微風吹過遼闊的疆域，要有繁花嗎？那麼你隨處點染，繁花便依序盛綻。這將是那些地平線盡頭的異域風物，那些此生必去經歷的空氣，是只見一回便覺人生值得的那些地方。

電影背後的電影

我終於想起他的樣子，在這個將夢將醒的清晨，我關去鬧鐘俯身又將自己埋入枕頭之間，更準確的說，是靠著阿迷的手臂，被他攬在臂彎裡的時候。

思緒飄飛至前一天睡前，意識逐漸迷茫時，聽見阿迷說德國食物難吃得跟什麼似的，最好吃的食物跟甜點都在日本，我模糊的回說我們這半年在臺灣找的幾家甜點也不遜色，當他再聊到烏克蘭的戰情，似乎說了許多，但睡前的我與醒後的我都沒有聽清。

我輕搖著阿迷的手臂，喚他陪我一起出門吃午餐，我說想吃麵線，在他耳邊說麵線在等你、油條在等你、老闆在等你、醋也在等你……我每說一句，阿迷便輕點一下頭。當他將趴在一旁的我攏進被窩，我又有些睏了。

那樣情景的閃現，可能的解釋或許是因為棉被外是初春的低溫，在親膚的棉被裡，肩與臂膀慵懶的融浸在一起，腦袋也被暖意圍繞，與那日那當下有著相似的溫度與濕度，召喚了記憶的復甦。

我遺忘了他那一夜的面容許久，無法憑藉印象在心裡畫出那次見面時，在晚風裡拿下安全帽與我對視的那張臉。那並非是在臉書相簿，或是通訊軟體大頭貼上，能找著得以印合的模造。面頰、眉心、嘴角、眼神……刻鏤呼吸的深淺，隨著稍縱即逝的種種想法與鼓脹的希冀而挪移，亦可上溯至逐個一閃即逝的感知，是歷時久遠的鑄造與堆垛。還有著這陣子、這一天、這一刻的狀態，沾染各種意外的造訪後，被填滿與抽空的，以及融蝕不掉的隱忍或止損時的磨痕。

時刻變換，形貌不斷改變著，細微到只有自己與在乎的人才能察覺。那個夜晚他拿下安全帽對著在遠處的我招招手，隨我略帶遲疑，逐步的靠近，逐漸在記憶裡闌珊燈光下，被眼神試探觸摸，隨視覺被照亮的五官。

那即將潰散的彷彿重新攏齊與織補，在遺忘與記憶的峽谷間，掙得的一次遺忘前的重新會面，隨風吹盪，一邊左右輕移著漂浮一邊下墜，如飛羽。

那樣的容貌那樣一個人，彷彿在某不經意的時候胸膛向著天空，以仰躺的姿勢倒入海中，夏日午後有微風的那種靜景，慢格速的如一張張畫頁，他翩翩的寧靜的倒向鏡面般的海。在周身激起一圈細小水滴的彈躍，被海水鎮著握著，緩緩的帶下海床，翻身墜入另一個領空，反射至水面的他的面容從驕縱而至平靜，消失在我的現實裡。

直到那個早晨在復返的夢境，無比清醒的在夢中被孵化。

他在我的夢裡醒了過來。從現實分娩而出，一個與現實的他相仿但不同一的形體，在混沌的太初，從蜷縮到伸展四肢將天地二分，健朗又遲疑的以腳掌踩出一片土地。

那個無光的圍牆旁，車輛駛過的那一剎那照見了清楚的他。印象裡飄忽不定，在事實上卻又已成定局的過去在那一刻靜止下來，得以再度於今日重會。如同時針與分針重合的那一秒，卡榫清脆無誤的接合，時光的延展性被誘發，一瞬的時間被拉得極長。

笑話說螞蟻大象相愛，但不久之後大象因病過世，螞蟻難過得趴在大象屍體上大哭個不停，邊哭邊說：「我這輩子什麼事都不用做了，只能埋你了。」在我聽來卻覺得那是一種沒有回聲的墜落。

提醒了我，我總是在心底緩緩的埋起一些什麼。那些刻意或是不得已之間，被默默滑開的分頁，在作出選擇之後，被排除的其他航線，那些人越走越遠，留下了各扇上了鎖的門，以及拉起封鎖線的路口。在強大的重力之下，被吸進隨之極其緩慢的時間裡，難以於尋常生活裡言說，卻得以使人逼視那些最隱微又無比切身的種種。

只是，那些沒有說出口卻至關重要、無比堅定的，既非目的，便不會標示在開展的地圖上。因而即便知道他人的目的地，你仍無法確知每個人真心渴盼的降落點。因為真正心繫的遠地無須標記，身心皆會如磁石受引導般趨近靠攏，更因為無法到達的遠地無須標記。

真正重要的事物，不是鑰匙、錢包、手機。真正重要的事物，不被掛在嘴邊。不是人間清醒亦非固執苦澀，卻是緩緩的從現實生活剝離而出，在深處形成第二種時間。

淺層的與深層的兩種時間，現實意識與長期意識的兩種意識，使我在一層裡步履輕盈，在另一層裡延宕躑躅，讓人在一個人的擁抱裡，想起另一個人的樣子。

是一個逐漸完成的過程，夢的渣滓與夢境的本體重合於一，感受於它由曾經的不可預知中化現出具象，形成輪廓包圍那不可辨認的思想與欲望，無止境的趨近，但由於那最末微的永不可重合，不妨說同時也是無止境的遠離，如此迂迴又晦暗不明。

我可以既微笑又悲傷，既投入又疏離，既幸福又哀悼，既清醒又沉睡，同時吃著干邑冰淇淋，同時埋葬著大象，兩種不同的時空走速同時為真，不帶有絲毫偽裝。我微笑的時候如此真心。

我在好萊塢電影的布幕背面，偷偷的播著上不了院線片的老電影，比起前堂的屏氣凝神與聚散，那裡沒有觀眾，所以無須考慮劇院的開放時間，我可以無止境的播放下去。那些偶然所造成的決定性走向被擱置，那些非絕對的可能在此被熱烈的投影，被挪用他途。在此，我們觀望伏流，其實在此沒有我們，只有我。

那些與友伴、愛人深深的交錯後，交換的靈魂的碎片，時常在我身體裡清越的響起。我曾經，也將會將自己分割成許多碎片，交出去一點點，交換一些，那些碎片相互吸斥，如萬花筒旋轉。

有時也想著還有什麼樣的可能？或將會如何？我害怕眼前漆黑的星空是否在我背過身去的時候，還會綻放出像那夜一樣的煙火。然而比起錯過，我更害怕被我寫過的人都恨我。

有的人寫作像是發聲，對我而言寫作更像沉默，對於既成事實的無話之話，在無語的背後還有珍重的字字句句在流淌。我的森林還是有一些慧黠與幽默都揚不起的淤泥，但不代表我不快樂，亦不代表我不能快樂，不妨礙我如德蕾莎修女所說，想將所有的最好的東西獻給這個世界。

所以「你好嗎？」這個問句，用一本書來回答，都不夠。

文學作品的暗示與呼應使不上力的地方也擱置在這裡，無法從失去的地方被救贖，到再見的時刻往往不會再見的人，也擱置於此。雖然在現實時間裡，我也多麼希望可以有如文本中的徵兆，讓我抓住時間的脈絡，也會在開心的時候促狹的想像，人生像是一場戲，結尾終了大家會配上片尾曲跳著祭典舞，表情嚴肅的人、錯過的人、背叛的人，會露出在戲裡沒看過的笑容，甚至有些不好意思的，在歡快的氛圍中大家跳著舞。

在我的夢中被孵化而生，如盤古的他，踏過滿地那些裁錯了線的紙，向我走來，詢問我是否可以就此住下。我說這裡沒有規則，我也不是管理者，我只是浩大工程裡的一滴雨水，我來這裡往往是為了埋葬我的大象，我喜歡幹這種徒勞的事。你可以安歇，而且自由來去。

「叫人起床自己也睡著呀？」阿迷溫柔的摸摸我的頭。

我從夢裡醒來。

輯二　我在，星空如常

持存

「可以一直戴著，不要拿下來嗎？」近幾年購買飾品僅剩這樣的標準，多少懸掛於櫃位上細緻優雅的飾品，包上金邊的天河石、純銀淚滴或簡約單鑽、手捏粉黏土……若敵不過這一問，只有被我不甘的從正比畫的頸項卸除。

也不是沒有著迷過那些眩目嬌貴的，在進入浴室之前輕輕卸下，以布細細拭去水氣，掛回飾物架。但無可否認這些減緩鏽蝕的終點仍是鏽蝕，差別只在時間的長短，讓我不喜歡。

小學一年級用鉛筆加上注音，我寫了家裡的博美犬，說她像顆球滾到屋頂又滾到地上，從成人的嘉許之中，我彷彿意會到自己擁有某樣珍稀的才能，有如裝飾物，足堪擦得晶亮，懸掛胸口，像是為得到路人的注目禮而在陽臺擺滿植栽、修剪草木，自傲之中更要用眼角餘光搜尋他人的讚賞。

踮起腳尖奮力模仿的舞步中，有種脫不去的彆扭，在心裡始終熨燙不平。我也擔心自己並未因著下筆變得更聰明，未能擁有更清澈的眼光，反而是自以為是的在摺疊世界，在有意或無意之間，讓膨脹無比的自我，擠壓了現實的風景。

飾品的大敵是水氣，水氣加快氧化與折舊，純粹的金屬光澤因而逐漸由四周被霧色覆蓋，轉為黯淡，閃亮的光澤啞去，黑斑出來。淚水、汗水中的鹽分更能加速金屬氧化，變成猶如枯枝或廢鐵，實則燃燒也是一種氧化，劇烈的氧化。

然而能寫的人大概都帶有水氣，水氣在筆下凝鍊，成為潮汐，眼淚綁著文字沉下去，在扉頁之間霧氣汪汪。傷痕悄悄化為暗礁，在浪潮拍擊來去之間成為渦流。經歷清麗到濁澇，以及陰影的反噬——收藏飾品的困擾，恰成為創作時的扶搖。當我身處渦流之中，覺得真假與現實像是散落滿地的琴鍵，某些回憶不斷閃現眼前，取代實景，成為我眼裡的景色。

我的世界並非隨著分秒構成時間軸，而是在各時期的時間點彼此跳接，喚來欲望與謬思與自我對話。憂鬱如交纏的毛線，理智如線軸將之梳理，今昔相互串聯並且彼此暗示，貫串時光的物件成為象徵，成為開啟結尾的密碼。這一秒我是主宰宇宙的神祇，下一秒化為螻蟻，只有拿起筆，我才能借你看看，我眼中的一切。

因為水氣無所不在，氧化也是無時無刻，我並非想要永不老去的東西，而是想要老去了仍然迷人的東西，像是文字，以及黃銅。

我的第一條黃銅項鍊在抛光之後，燦目的光澤框著黃色水鑽，看著總覺得過分招搖，但能過水也就懶得拆下了，直到汗水、雨水為黃銅項鍊染上人氣，像是CD上的刮痕那樣，雖然有影響音質的疑慮，但那才是物與人交織之後該有的模樣。黃銅項鍊上面的英文被淺淺鏽色點染，名牌標誌不再觸目即見；水鑽稍減銳氣，與銅色底座彷彿合而為一；鍊子不再奪目，反而開始復古，指尖走過會沾染細微的鐵鏽氣息。

它從一條黃銅項鍊，加上所有格，變成我的屬物。許多時候在他人眼裡只是破銅爛鐵一塊，卻與我有著彼此締結的約盟。

它是外顯的標誌，但更多時，是在與我彼此靜對。像是個風眼，收攝紛亂的、錯置的思緒，在核心畫出一塊風雨之外的寧靜之地，拿起筆，我站在風眼，從那逆時針旋轉的風暴裡，奮力奪回那些散落的琴鍵重新拼組，再次彈奏。

始於極熱，調和噴槍中瓦斯與氧來控制火候，煙心要為藍色，外圍帶有赤紅，確保在千度高溫之中仍帶有溫柔的燒熔銅粒，偶爾也會灼傷自己，但仍要抓準時間，趁熱將橘紅的漿液倒入模具。半成品在剛柔的轉換之間被擊打，你施加多少力，亦承受多少的反作用力，亦可以說，擊打的不是銅，你在擊打著自己。每個頓點，銼與磨之間拿捏急緩，想做一輩子的話就要拿捏出最符合吐納的節奏，老工匠總會這樣提醒新手。覆上雙手，用肉身輕撫所有被削尖的銳角與流線，調至最合適的角度，些微差距比毫米還小，指痕與觸撫該怎麼言傳呢？因此人們說那是一種感覺，一切憑著對工藝最敏銳的感覺。

好幾次從寫作的埋首中抬頭，發現幾個小時之間，全然沒有意會到時光的流逝，思緒穿越當下，進入某樣神祕的領空，各樣的事物與愛與恐，當我祈求，他們便前來。身處其中時連自己正處於這樣的迷亂時刻，皆尚未察覺。忘我才能盡興，寫作更像是偶然，那些蒐羅而來的銅粒被熔解再重鑄，重鑄某些情緒或思想的精華。在溫度與壓力之下，測試著延展性，擊打它或扭轉它，有時候像水一樣柔軟，有時比鐵石頑固。當它煉成，亦彷彿脫胎的個體，不知將要懸掛於哪副頸項上，你真正擁有的是造就它的當下，那些不再重來的好時光。

當我戴上他人所造的飾品，冰冷堅硬之外，那麼近又那麼遠，那麼零點幾秒的瞬間，我彷彿可以看見那雙鑄造它的雙手，指痕之間摩挲過如何的親密與寂寞，聽見當時擊打的節奏，以及創作者燈下的喃喃。

當銼刀磨平作品時，碎屑之中有一併掉落的角質，銼刀銼出的傷口，掉進稜角分明的鐵鏽，那疼痛的滋味，透過撫觸他人所造的飾物，我彷彿都可以感受得到，看見那副在時光裡造就的軒昂之軀。

世間物質維持某種恆定，氧化與還原同步，有一樣東西被氧化，一定有另一樣東西被還原。有物質得到氧，便有物質失去氧。黃銅墜飾在氧化之中舊去，空氣中的氧也同步消逝，直到重新煉造時，氧才回返至空氣中。此處物質的減損，本身也諭示著彼物的繁茂；有人失去了愛，便有人得著；有人歡笑之時，必有人在暗處哀哭；此處的擊打，暗示彼方得到寬慰。筆下的水氣或也在遠處滋養遠方的雨林，各樣的情感在海潮之間漂送，像是一只瓶中信，有人送出，有人拾得。

因而執迷於擊打，當然，並非為得著讚賞或目光而擊打，因而擊打的投入便是對自我的探究，延續這生命的長課與長考，探察人與人那各座孤島在海潮之下相連的陸地。摺疊世界、膨脹自我、意筆相隨的銼與磨、錯與魔，一聲聲捶打與煉鑄是如此踏實的行進，真實的世界並未被屏蔽，而寫作是心靈延伸而出的孤寂之聲，揭示另一座宇宙，是你獻給世界的應答，微弱而璀璨的第二聲部。

鎖骨之間的黃銅墜飾，感染我的體溫，隨著呼吸而起伏，夾雜著毛孔滲出的汗液，或許也有沿頷而下的淚水，靜靜的恆守著。對於寫作我也始終只有這樣一個問句，這樣私密的寄盼——是否可以一直戴著，不要拿下來？

原載《印刻文學生活誌》第一九三期

敬畏生活如同敬畏神祇

厚實的器皿，在職人手下形塑，曾被灼灼的目光凝視。鏡中自照、茶藝師注視茶沫、智者凝視哲學、達文西凝視蒙娜麗莎……事物的深意皆來自目光的灌注。陶土在轉盤上被指腹指尖圈繞與揉捏，歷經日曬、窯燒之後，慎重的調色、上釉。

水裡來、火裡去，一只只被認真對待，由高嶺泥土脫胎而成的器皿，暗喻著人與外在世界的關係，土石被採集，粗糙的製陶手輕挪人與環境的分際線，借用萬年泥砂，盛裝逐日所需。

預熱烤箱，將友人餽贈的手工果醬，抹在吐司上烘烤，打開櫃子，挑選一個盤子來盛裝。塗上鐵釉的橢圓小盤，青銅色的，有古物的風格，在烤吐司的幾分鐘，我用手指感受它表面的粗礪，難以想像製陶職人如何掌握釉料在窯燒前後的色澤差異。這份銅綠是他想要的嗎？或是陰錯陽差的成品？銅綠背後還隱約透出深淺咖啡色的斑點，盤緣的環形線一側分明，一側斷了一小口，淡色畫痕像是淺淺的影子。

盤底未上釉的基座是我最喜歡摩挲的地方，提醒我器皿的本色，泥紅色的表面有乳白細微糖點，讓我想起阿爾塔米拉洞穴的壁畫，磚紅顏料下千百年來還在奔馳的群獸，飛逸的鬃毛。

「敬畏生活如同敬畏神祇」這陣子腦中迴盪著這句話。求學時將享受生活一類字眼寫在筆記本，難以脫卻附庸或浪漫；時值今日，我看見敬畏生活的根本，是明白除了篤定的行走坐臥之外，對於所有環繞周際的牽連，本就來自於想像的延伸，用童年沙發的絨毛地毯比喻稻浪，從下雨前的味道想起潮濕寒冷的畢業典禮，由盛裝清湯的瓷碗想到雙手掬起的溪水。同樣是來自大腦的附庸或浪漫，只是不再喧騰，不再野人獻曝。

轉頭看向架上的餅乾盒，拿出盒裡最後兩塊餅乾，再輕扣著鐵盒，將各式手工餅乾的碎屑聚集起來，有巧克力碎片、椒鹽奶油、馬林糖粉紅色的糖粒、檸檬糖霜碎屑……撥開吐司將這些顆粒倒入，頓時草莓果醬上有了一個複雜的星圖，還是要在沒有光害的山頂，才能見到的星星數量。

這是完食整盒餅乾才有一次的機會，草莓麵包配上咬起來喀喳喀喳的餅乾顆粒，甜鹹適中，像《螢火蟲之墓》裡節子的糖果罐，在綜合糖果吃完之後，倒入少許開水搖晃，能做出一杯甜甜的綜合水果水。

摩挲著白灰色的高台皿，看著邊際窯燒時出現的微小氣泡，邊口收束時有一處內凹較多的弧角，手作的器皿在這些莞爾之處，保有最和平最公平的自然法則，一時一人一事的悉心投注，用時間來換取一件作品的成形，捏塑出時間的模樣，在沉默裡滿懷著熱愛。

手作物品的珍貴之處，來自於時光的渡讓，調製釉色、混和黏土、刮鑿出形貌、忘卻意欲複製他人作品的執著，也要能心狠砸碎瑕疵過多的完成物，加上不知買方是否能適切使用的擔憂與交託作品時的猶豫不捨。斑爛的心情，與凝神時未覺時光挪移的心流體驗，在時光中交錯飛舞，再也無法重來的歲月與無法全然複製的感受，隨著指法與汗水被賦予形體。

安部太一的時間有著雙層蝶瓣盤緣，顆粒感帶有光澤的黑色釉藥；古谷浩一的時間有著鎬紋，配上霧咖啡的表釉；若林健吾的時間粉引，在白色紋路上烤出奶酥般的棕色紋路。因為時間不如日光取之不盡，反而是配給有限的貴重耗材，所以器皿格外珍貴。手藝人的時間散落在世界各地，輕觸過萬千的肌膚，沾上許多指紋，叩響了千萬叉匙。

時間降落在生活裡的輪廓，覆蓋上使用者的日常軌跡，故事成就了時間，時間再造就了故事，像威化餅沾上巧克力，一層又一層的疊起來。

回歸本體的器與不器，我的身體盛裝著情緒或者期望，唯一不同的是窯燒火候不到，造就我軟弱的血肉之軀，置身圓轉的製器臺上，切莫忘記抬頭注視遠方，才不會發昏，如同曲腿在井中也不忘望向洞口的太陽。

踩著室內拖鞋趴搭趴搭的聲音讓頑皮的貓十分興奮，我打開鐵盒放入茶包，熱水沖入乳白陶杯，樸拙的泥釉與氣孔都透著熱氣。放入乾燥的檸檬片，隨著工作直至下午的時間裡，反覆的回沖，回過神來發現失去茶色時，大概也是晚餐時刻了。

回傳訊息向一位製陶家訂購一只乳藍色的盤子，上面有一隻手繪的白色海鷗張開雙翅。我請她告訴我盤子的故事，她告訴我盤面上壓出的格紋，來自於陶板，圖案則來自於她以釉藥手繪。「雖然看起來好像應該可以好好供著，但其實是可以使用的食器。」她說。格子壓紋使盤子看起來像是鋪上一層紙漿，能夠被塗改或寫畫，未來在麵包烘烤時，我想我將會以指尖畫過這些凹凸，像是輕撫貓兒豎起的恐龍毛。

生活中的手作器皿，提醒我切勿移開對萬事的關注，以及對自我的灼灼目光，造就並使用器皿，也使用自己。器物若是沒有機會被使用，我想它們會很難過的，像是那顆無法補天的頑石何其憤恨。期待被珍視，不怕破痕或缺損，因即便是破了還能修繕，時間疊加時間所造就的痕跡，才使器皿不再冰冷，這便是器皿們的心聲吧！

製陶家告訴我，器皿正在製作，能否等至三月，我一口答應下來。接下來的時間我會時時念著有一塊渾然無二的器皿，從無至有，正在成形，我正於它的太初，這些創生前的神話，如果哪天它想知道，我將要說給它聽。

原載《幼獅文藝》第七九二期

流體力學

陪我好久的玻璃杯破了，在那個早上注入熱水的時候，發出了湖冰化開時長而細碎的響聲。下方延出一道透明緞帶似的立體裂紋，在厚實的玻璃中以左右微傾角度，蜿蜒的前行一陣，在琥珀色的背景裡鑲縫上一道，如明光閃。

方口杯的折射至裂縫處有了曲折，裂痕有自己的調性，讓均勻的光線折射至此，時而進時而減，挪移光抵達的方向。我將盛水的杯往桌上放，杯底被滲出的水痕罩上一圈。曾經與現在對琥珀硝子的執迷，盛裝黑咖啡與紅茶隨玻璃的顏色映入眼裡，色澤和香氣也一併靜默沉厚，捧起就口，一個早晨的杯緣吻，儀式性的宣告，又是人與器共生的一天。

拿起杯子，杯底啵的一聲隨著溫水往桌下傾洩，我狼狽的擦乾地上的水，斷成兩截的底座與杯卻一時不知如何處置，於是在料理臺上擱置著。底座方而厚實，像是小小戒臺，底座的直紋仍然成隊駐守，厚玻璃讓所有該是銳角的裂處都成鈍角，琥珀杯無聲教著我溫柔。

小學一年級的教室位於全校最古老的大樓，隔年新校舍重啟便拆解於煙塵中。水泥抹成未收稜角的洗手水槽，每日早晨需要灑水鎮撫充滿砂土的教室地板，存放在我所剩無多的印象中。教室的窗臺低矮，左右兩側皆是老木框與玻璃窗，在冬天時容易滲入風，新生入學的前一個月則擠滿陪幼童上課的家長們期待張望的臉。

窗上的玻璃一片片的有些拭不去的歲月磨損，總是鍍上一層蒸氣般並不明澈，從日治時期便存在的校舍，辦過百年慶典的校園是真真的百年樹人。自然老師總是興味盎然的談著窗上的玻璃，告訴我們玻璃是會流動的，去摸摸看這些下厚上薄的玻璃，他說。這些工藝較為粗糙的玻璃，流動得更加明顯，尤其在百年時光裡，有充分的時空使其展現變化後的面貌。

此後望向種種玻璃窗，若當刻心足夠安靜，便會想起玻璃的異名——流動的固體。固體、液體的分類帶有宏觀的視角，描述理想狀態下的物類特徵，然而並不理想的種種現實變因，液體的黏度、固體的可塑性，都加深了固體、液體之間的纏結難辨。

有一種浪漫的聲稱，是不再區分固體與液體，固體只是流動極緩的液體。

當我抱著膝蓋蜷縮於座椅，眼見勾留不捨的場景在腦中幻化融接，磁石一般吸附散落薄透的細微事證，如萬花筒內朱紅螢綠的細小亮片，在每次的翻轉中以嶄新的方式串聯，互映之下隨著回想不斷生衍，滑坡一般的疊壓而來，侵奪眼下的實景，將我帶回隨機編織的圖像中，圍困在那些相愛的碎片裡。

只有當現實以極高的質量如灌鉛的銅像矗立於眼前，才能減緩擺盪的幅度。貓在咳嗽，我意識到茶茶醬的呼吸在這兩日較快也較凌亂，慌亂又蒼白的感受關閉了其他的感官，下午排定的行程在電話與網路中挪調，未來原在的凝定場景，不穩定的細微顫動了起來，挑戰著不安全感。

動物醫院候診，診間其他的飼主鎮定的神色，都隱約都少了一種肯定，處在未定的晃動時空裡，在惶惑中努力著不失卻鎮定。

翻開手機，眾人仍在如常的棲居在窗格之中，成簇的分類插在玻璃瓶的花草，新配方佛卡夏在烤箱裡麵皮滲出汁油，黑色的小狗套上胸背帶踩上草地，新雜誌即將出刊，誰與誰在笑著，誰與誰在說話。在生命未受到擾動之前，氣流平穩的維持飛行高度。在變動中快流速的遙視之下，彷若固體。

貓在提籠中不安，貓像小寶寶一樣被抱著去照胸腔X光，醫生說這肺部的一絲絲細線你看到沒有？有可能是腫瘤或是肺部發炎，我們當成肺部發炎來治，沒有好就是腫瘤了。等待過程中，我向遠方友人發出甜點寄出的消息，三兩句間說笑一番，沒有驚擾他們的時間，並趁著等藥期間至便利商店領出藥費。

我拎著寵物提籠站在車來車往的街頭，覺得提籠裡明明是貓，卻像拎著一個裝水的竹簍，水不斷的往外漏。我記起鄰居一位愛狗的女人，拒絕花錢為狗治病，因為愛有等差，跟愛的廉價相比，錢要昂貴許多，她在狗死後遇人便傾訴，也哭。

我感覺生老病死並不是捷運站那樣，路線上的點與點，而是增生消逝的一切路程，時間是羞澀的盤纏。

歷史為事件加上起訖年分，或是人為的生卒年分，亦若將人事作固體觀，視為歲月流淌間，無可化約的堅硬礁石，有便有、無便無。

堅硬的學術理論徒然加深我與科學的矛盾，終究要留待足夠廣大的歲月裡，以肉身與體悟作為明證。

節日的祭奠與追懷，告訴我們真正的死亡，並非指與大氣失去聯繫，而是從被所有人遺忘的那刻起算。

《此生，你我皆短暫燦爛》裡主角痛懷「一場戰爭何時才算結束？」他的母親活在戰後的創傷之中，現實與戰火陰影交織的生活下，她指著肉販上掛著的烤豬說：「這肋骨跟人被燒死的肋骨一模一樣。」

那些戰爭結束後的重建，與條約之下為之牽連的物業發展，環環相扣的國民生活，以及那些在意識中逐日加深的創傷症候群，都沾染著久久不散的煙硝與血漬。戰爭早在正式射出第一枚子彈的那個清晨之前，數不清的國際對峙、不安的股市、產業挪移以及首相意味深遠的發言中悄然展開。

與他者交會的各樣情感，亦並未能以生卒年來計算。

有些難以諦知的已然發軔，有些引人追悼的並未結束，一切隱隱流動著。

屏息蹲踞灌木叢中的獵人，一路從枝葉沾染的毫毛與足跡的新鮮程度，跟蹤一頭鹿的背影，當火藥與子彈塞入槍管而上膛，待不遠處渾然未覺的生命進入準星。如果目的是期望追趕一隻肌肉健碩、目光靈動的鹿，他便永遠不應該扣下板機，無盡孤獨的追尋下去。

細緻的銀手鍊優雅的輕靠肌膚，隨著手腕的動作寂靜的挪動。夜晚擁著斑斑睡，當手掌覆上他毛茸茸的額頭，輕撫柔柔細毛，他像個撒嬌的小孩，親暱的扯弄著手鍊，好奇的不斷翻弄這折射光亮的細線。牽過手的人，也輕輕撫拭過這道銀光，手的連結，十指交握的隱喻，親暱的象徵。

細嫩的手鍊幾次的斷裂與送修，幸運時能目睹它的滑落，更多時候是看見空白的手腕總覺得少了什麼，好一陣才想起來，掉了。斷斷續續、反反覆覆的掛上同款的新手鍊。

存續之間，連帶著多段記憶的疊加與置換，如同心繫某人的當下，似曾相似的情景或話語，會令人在眼神裡有一閃而逝的怔然，喚醒一些流動中的記憶。

茶茶醬乖巧的吃下肉泥混著的藥粉，她覺得今日折騰甚是令人疲憊，舔淨醫院回來的藥水味，吃飽罐頭，在熟睡裡毛毛的肚子一起一伏。我坐定桌前，捧著暮縞灰白色的陶製馬克杯，不住的看著凌健的把手彎角與杯口細膩的圓弧，以及窯燒過釉色流染的痕跡。倒入茶水靜置一陣，卻發現杯底出現如靜脈般的細紋，深淺不一的紋路也快速的漫布過陶杯內部。

彷彿是碎裂瓦解的前兆，我自責注水的水溫過高，但翻看賣家的說明才知道，此款馬克杯因為釉質關係，使用後會有冰裂效果，屬於正常現象。

是使用過後，才會有的痕跡嗎？如同寶刀開封與未開封，是分屬兩種意義。從製作者手中是第一次脫胎，在使用者手中是第二次的脫胎。

擁有度量衡，八分滿能裝取兩百五十毫升的陶杯，流動了起來，隨著經歷留下不可逆的紋路，像歲月以人盛裝故事，贈與的磨損與皺紋。

當情誼的變化中，緊密繫結的關係，也有可能在談話時意識到自己長久以來已作好遠離的預備，從為此哀悼至不再悲傷，想到從前交集的密切都要有些不自在，或神奇的覺得，那是同樣的兩個人，那是同一個自己嗎？用著彼此難以覺察的冰裂，往相反的方向後退，像當初的交集，有默契的相對啟齒，而今有默契的結束對話，微微欠身。

深陷其中的視野，對於眼前諸象忙於拒斥或迎接，困陷在時空限度之內，但當物理上的接觸結束，情誼繼續綿延，「擁有」才成為一種可能實現的事。如張岱在國亡家毀之後，才擁有那盛張燈火的金山夜戲，在意識裡夜夜敲鑼開演，足堪容納他每每回望的眼神。皆成泡影的勞碌半生，那些風物燦爛的時刻，都隨一次次的召喚往下鑿成幽深的洞窟，繞折著當前的情感經驗，越掘越深也越落越深。一再的重新認識，那如大殿觀戲時，以手背揩去眼翳的寺院老僧，那在如真似幻的幸福裡，蒙昧無知的自己。

渴望擁有與確切擁有的狀態不同，擁有到失去的狀態也不同，各樣的狀態彼此眺望著設想，都是力有未逮的處境。

相傳二十世紀初俄國內戰期間，白軍節節敗退，軍人與家屬數十萬人在敵軍的追擊下，試圖在冰雪嚴寒的二月，穿越結凍的貝加爾湖轉往西伯利亞避難。

在不住的蝕骨的風雪間發顫，寒風吹進最厚的貂毛大衣，皮膚表層轉為蒼白，衣帽上結出冰晶，行跡逐漸遲滯，在模糊的視線裡，能看見睫毛上凍起的冰霜。

據說在瀕臨被凍死的最末一瞬，體內將蓄積數道熱能在肺腑間發散，如同一支輓歌，幾秒後人們便步入永恆的寧靜。這一支遠行的隊伍，便如時光中止般，固著於生前最後的動作，停佇在銀白的湖面上。來春融冰時，整支暫留在時光裡被凍結的隊伍，才隨著化冰沉入深不可測的湖底。

而那些生命混融的時刻，人事物在回憶裡防腐，擁有最好時刻與最好的模樣。像貝加爾湖上的那支軍隊。回顧才能看清細弱如金線的髮梢與泛淚又倔強的眼角，成住壞空之外，一瞬一閃的片刻，成為記憶荒原裡的冰雕，那也是一種永遠，或者，那才是一種永遠。

曲折小事

那日的京都三十五度，但那環布四圍的杉樹，如今想到仍舊令人清涼。杉字是木部加三撇颯颯的風動，刷起分層的枝葉，將電影感的濾鏡調到最高，靜止又同時舞動。在我來到此地前，早已有多次的想像，水漬、斑駁的樹皮、木紋旋螺、挺拔修長的枝幹，沒有多餘的岔枝，文弱優雅。

眼前樹景又是如何進入我的腦海中？來源自他人的談話？戰國電影中低調無聲的背景？或是夢中我曾經見過？

透過影片與照片，我曾在腦海感受綠葉篩過的陽光，連帶地上的光點。初見猶如重逢。

往鴨川上游前進，水源更加豐沛年輕。山頂的水比透明還要透明，流過的石與青苔，連帶水邊的綠葉，都成透明。

坐於川床用餐，席下的逝川倒像是靜止的，情感反而才是流動的。與同行友人在旅程中鬧了彆扭，從山路而上，三人緩緩拉開了步行之間的距離，但彼此仍用眼角稍微顧及對方的步履。終究不是合適的旅伴呀！

我靜靜推開生魚片，沒有詢問他們是否要幫我吃掉。窯燒小碗中的烤香魚仍維持洄流中的流線魚身，涼風吹來，隔壁席的日籍男女穿上了暖色浴衣，低頭比抬頭還常，一場靦腆的夏日約會。涼涼的杏仁豆腐放進口中，冰可樂沁出水珠沾濕了紙製杯墊，穿著和服的服務人員優雅的跪坐在桌邊沏上熱茶。

「杉樹都長得亭亭玉立，美極了。要是人們的心也都這樣，該多好啊。」川端康成的《古都》裡，千重子曾經說。千重子在人群間看見自己的影子，那是離散的雙生姐妹苗子。苗子像是細微的光點匯聚的成像，遙遠如星座，運轉著與她不同的四時。

苗子在北山杉村每日篤實的勞動，杉木成為供應京都的建材，來自自然的供給，拼湊街市中的房舍。山林醞釀城市的願望，城市有山林的影影幢幢。

人類是直立無尾的猴、無翅的鳥、生苔的礦石，擅於將那完整的，加以破碎再重組。磨碎麥穀、砍伐林木、捻棉為紗，像是要重建另一種秩序那樣時刻忙活，時而困惑於龐雜的碎片環繞中。

千重子說她的心是曲曲折折的，有著太多外求的願望，卻總是求而不得。她送了一條親自設計的杉林腰帶給苗子，願與她共同生活，同吃同住，如同形與影的融合，彌補姐妹間失去的歲月。苗子婉拒了邀請，讓各自茁壯取代相互攀附，她自有一條綠色的錦織腰帶，那是環山而生的粗礪杉樹，於是她返身回到杉林。別後，她們將會惦記著在不遠的一處，那個與自己相似的人，過著與自己平行的歲月。此後她們將會在想像中不斷重會，就像未來的我，想念今日的我；今日之我，預想著未來的自己。

早在幾日前另一個山頭的咖啡廳，這些樹木的形影是遠眺山景的一抹蒼綠，杉樹像是同在山頂踮起腳尖，仰望遠方，也望見遠方，那個將抹茶冰含入口中消融，一面用指尖對照地圖辨別各座山名丘姓的我。

當透明的水溜過川床底部，風吹動天花板上一盞一盞的小燈籠，遊客歡快的喧雜偶爾壓過流水聲。這樣真好，縱使有許多沾染凡塵的事物，如垃圾一袋袋堆放在山腳，但吃完這口茶泡飯，我還要往上走，暫時不會下山。友人看了看我笨拙的調整自拍角度，說「我幫你拍一張照片吧！」氣氛又緩和了下來，我們嘴角微微上揚。

人呀曲曲折折的心，一定會被杉樹嘲笑的吧！

原載二〇二一年三月二十六日《聯合報・繽紛版》

逗號般綿長的那種

腳上的布鞋正與這些白色帶著細粉的碎石齟齬，穿透過塑膠與布製成的鞋墊，被喀啦不已的觸感，打擾肅靜的節奏，幾乎占去我多數的注意力。去年夏天，京都御苑的碎石道上。

回溯每次旅行，總有一處固定開始的場所。

四周院牆被作為承軸與護欄的古木，還有蒼翠的老樹，無論是長出新的綠色松針，或是漆黑木雕在人為的照看下被擦亮的紋路，被歷史滋養著毛細，成為不同型態的活物，誰會更長久的存留也未可知。

飛掠而過的烏鴉，還有坐在長椅幾乎成為塑像的長者；張爪扯裂天空的松樹枝幹，黑白方正的虹梁，動與靜、魔與神之間隱微制衡。側門正門步履或飛羽的進出，或許細微至看不見的氣流，都有相對應的調節。由部分至整體，維持全境的和諧。

接近側門的大道盡頭，在樹蔭之下歪歪斜斜停了幾輛兒童腳踏車，與一些加裝兒童座椅的淑女車。往車頭指向處一探，苑內有一處棒球場，護欄網鏽蝕成褐色，擺設迷你的隱身在樹林之中，小小的壘包與沙地線條之間，兩支小學棒球隊正在比賽，細微的歡騰被林葉遮掩。

提早了幾站下了電車，我還有一段路要走。

幾次旅行之後，慢慢辨明自己想要的究竟為何，那是最為珍稀的「生活感」。若不在意行李超重的費用，幾乎可以帶上所有愛物隨身，只有「生活感」不會如人所願。奢望如當地居民身處花境不知花，與景色相融，波瀾不驚。逗號般綿長的那種，不受任何偶發事物所繫，關閉相機鏡頭，隨著日出日落走在同一條路上那種。

如同渴望同時身存各處，高估了自己所擁有的魔法（可能我們真的沒有魔法）——在未吸入當地的第一口空氣之前，已有珍貴的生活片段作為前導，每當足跡踏過的土壤，都有舊時的記憶，活在此處，又同時在他處。

只剩步行可以稍微親近生活，為了看見大景之下的局部，局部之中的雜蕪與刮痕。我喜歡花上大於google預測的兩至三倍的時間，直到背包也沾上背部的汗水，走過那些道路。鑽進平靜的巷弄，看著新式的二層樓和式建築，運用現代建材維持傳統風格，大門眉心掛著木製的門牌，二樓受日曬的窗戶掛上傳統竹簾。門旁的黑色合金啞光柵欄，遠看有如木作，欄後有一條僅夠一人通過的小道，兩旁生著綠灌木。

作家金宇澄曾這麼談過細節，他問過一些畫家，關於模特兒是否必要，得到的回應是：「想像裡畫出來衣服的皺紋，同直接面對它的寫生是完全不一樣的。」想像是見識的產物，對於想像最大的誤解，便是以為它沒有邊界。衣服的皺紋，生活的摺痕是難以模擬的細節，在不知道真的樣子之前，我們難以仿真。

我盡可能放輕腳步，因為即便沒有結伴而行，這樣外來的腳步終究是干擾當地日常的平衡，尤其在巷弄裡。屋舍之間，或路口在石材基架上，有木造的小神龕，左右放著玻璃花瓶，插上幾朵紫色花草。

門牆之下的雕花排水孔，柏油路上整齊的棕色、白色的線條隨著建築形貌圓弧的轉彎，石製水溝蓋之間鑲入小小的京都市箭頭，修葺中的吊牌與鐵絲網後瘋長的雜草。細節帶來的真實，遠勝各處景點的相似經驗複製。

某次看見一部精采的戰爭電影，卻不時出戲，鏡位、演技、劇本都不是挑剔的理由，直至終場我終於想通，扯扯身旁友人的衣袖問道：「你發現了嗎？他們所有人的衣服，都是新的，這不合理。」

而在衣飾細節令我最有印象的，是電影《決戰中途島》（Midway）。軍官們棉布與尼龍混織的襯衫，反覆漿燙的洗舊痕跡與纖維紋路，加上備戰狀態無暇細究儀容僅粗略燙過衣領，或是匆忙上陣時衣物僅洗曬，並未熨燙的痕跡。這些自然不過的擬真片刻，撐起電影的寫實層面。

我總是擔心過分精緻的旅行，會遮掩這些寫實層面。僅求行囊盡可能輕省，舒適整潔的居所，在體力負荷的範圍內，步行填滿行程。如果可以帶著最簡單的衣物就出發，加上一個人旅行，更是再好不過。

一次在日本經過一個小公園：鐵網，與小巧的單槓、溜滑梯漆上一致的淡藍色，沙地長出細細的草苗，欄杆後是多戶公寓的後院，那些後院的林木正好形成涼爽的陰影，一定有幾個孩子特別期待放學後來這裡吧！

走過賀茂大橋，發現橋墩旁經過幾叢葉大如掌的樹藤，沿著水泥走道可以來到鴨川旁。白雲像是綿密的奶霜，厚薄之間折射出不同程度的灰色陰影，天空藍得不像真的，鴨川是一束淺流，被油綠的青草包圍，沙洲也是綠意一片。步道兩旁被垂柳與各類樹木用深淺不同的綠妝點，更遠是環繞京都的群山，有隻小狗在河堤奔跑，主人走在後頭。

這些細節拼組我對於當地實際生活的期盼，更多時候找到一些相應的記憶，我想到我也擁有這樣一條河。雖然它確實不及鴨川美，更不會有人為它頻頻回首，但它有很像企鵝的夜鷺，還有頭上翹著一根白毛的白鷺成群，在翻騰的河水間捕捉過度繁殖的黑色吳郭魚，至少有人在看到鴨川時會想到它。

旅行間最好的時光大概都在意料之外，雖說我習慣先行計畫，但計畫多只是參考。我曾在祭典煙火開始前半小時，湧升想回家的寂寞感，旋即不加留戀離開現場，將自己浸在飯店的澡堂中。

一次行經一間京都大學附近的看見ゴゴ咖啡的木框招牌，以及綠白相間的帆布棚，就推開門進去了。日幣三百五十元的冰紅茶，加入糖漿以吸管攪拌，看著被煙氣薰黃的掛鐘，紅皮椅凳與復古吧檯。一位喝著黑咖啡的熟客邊抽菸，邊與我和老闆娘用中文、日語說著彼此的臺灣記憶，老闆娘搬出《喫茶萬歲》珍視的告訴我她的店被寫進書裡。櫥窗望出，路上沒有其他行人，成為靜謐的生活剪影，沒有任何人需要奔忙，或是說些什麼非必要的話。因為話語的有限連帶使得客套也免了。

個人行旅看似靜默的步伐中，我亟欲預測自己未來的走向，在腦海中與自我爭辯。計畫旅行的今天之我，無法預測身處異地的我將會作出何種決定，如何更動或說辜負這些長期規畫的行程。

日子可以是煙火祭典，可以是澡堂，可以是任何樣子。

或說我需要先為自己想出一條既定路線，藉此衍伸出更多路線。我需要經驗，與想像未及的邊際，所以我在旅行時任意妄為。我需要更認識自己，包含認識推翻自我的可能性，明白所有路徑都可能通往終點，也可能所有路徑都不是路徑，我們另有任務。

未可知的明日之我，正像往往開口，也驚訝於自己竟然說出那許多話，未必出自於意念所能想像得到的那樣。不同意識深度的自我透過話語、文字、交談彼此交流，時隱時現，走過的鞋印也是思想的痕跡。

所以我可以獨自走上很長的路，而且惦記著在天黑之前往回走。偶爾也惦著後來的那些車站、長椅、河川、精緻的小店。曾在北京前往哈爾濱的夜車裡，在耳機中循環播放陳綺貞的〈魚〉：「我摘下一片葉子讓它代替我，觀察離開後的變化。」後來的那些人事物究竟如何變化，沒有人可以解答。

只有那些因為稀少所以珍貴的印象，同樣隨著文字的抽象性，或是腦海的揀選，成為半掀開的立體書，在覆誦中一次次隨著不同詮釋，加入想像，略微改變形貌，融入敘事者與傾聽者的日子裡，為生活添上新的摺痕。

原載《皇冠》第七九六期

不要緊的

每當看見冰淇淋我總會想起電影《藍色情挑》裡面，茱麗葉畢諾許在車禍中失去女兒與丈夫，帶著一盞女兒喜歡仰頭觀看的藍色水晶燈，到一個全新的城市落定，人生問題未解之前，作為遺忘或是暫時逃避過去的中繼。新的因緣仍在醞釀，這是一場復原性的等待，她習慣在餐館點香草冰淇淋，淋上Espresso。

問過許多人，他們都忘記有這一段情節。我仍記得她上一次張開口吞下的，是整罐從醫院偷來的藥丸。「對不起我做不到」她吐出藥丸，向善後的護士說抱歉，「不要緊的」她得到了這樣的回答。

因確定了不會死或是不敢死，她逆向的走上重生。停佇在影子裡，等待那些被傷害一同掠奪而去的自我再次顯像，走過花季到訪前的雜蕪一片。當她懷念起那些如今已麻木的感官，她用手背畫過石礫圍牆，吃下濃縮咖啡包裹的香草冰淇淋，跳進深藍色的水池潛游。

「你可以說話嗎？你清醒嗎？」車禍發生之後，她在病床上收受了這些問句，離開病院後她開口吃了冰淇淋。從吞嚥開始，一步一步找回世界，直到她能夠再給，無論是給出一個字句或是一個輕撫，成為一個新的人。

有時候，不說話的時候，從唇珠之下開啟一個小口子，唇瓣輕輕往左右漫出一道湖泊，我的耳與鼻是濕氣漫步的鐘乳石洞窟，雙眼是滿溢的潭，而所有孔道的深處是一片藍黑色水域。水域深度因為從未抵達而缺乏認識，雖然所有由感官自願吸收與強迫接受的，看似皆往此處傾倒，但水色卻清澈得猶如人跡未至的原始模樣。當面向世界，感受到超越距離的進逼時，這是一個令自己可以往內壓縮與藏匿的地方。我總相信可以從這裡得到什麼樣的預言，或是祈得某樣奇蹟，僅僅是獲得平靜，也能算作奇蹟的一種。

有時候，由烘烤得酥脆落屑的邊緣，手撕而下的肉桂捲，配上糖漬核桃，擲入，擾動水域產生了某種波形，最後化成湖面上最尋常的漣漪圈，深的水紋刻印上去，轉眼又隨著遠處的顏色淡開，眼光追不上最後那道迴圈，一切像是同時出現，又同時消失。

接連的，一塊一塊的手撕麵包從食道滑入，讓水波互相交織，映在湖面的山，指甲片大小的積雪山頂，瞬間隨著雪堆崩落而無聲散裂，再後來，更難以辨析，雜亂的碎裂的顏色，彼此不相容的穿插。再緩緩的，彷彿有人拉著線頭細細調整那樣，稜線的植被，山坡側邊的雲影，逐一歸位。

透過那投擲之物，我從口腔潛入自己，不激起水花，安靜的衝開流過頭部，紗簾般湧來的水流。在昏濛的藍光之中，感知水域的溫度，尋找與海洋相接的出口，期盼與某種廣大未知的地方相連。浮游在水與水之間，上岸或下潛都被無隙縫的包裹，指縫與眼窩被浸潤，身處其中，被接納。衣物的半透明攏著身形，像是要飄散一樣，又不斷被什麼繫住，緩慢的延續所有肢體散射而出的動作，標誌出力量的流向。

擱在意識，那待整理的行李箱，側面有運輸所留下的銀色、黑色刮痕與行李貼紙，滑輪有擦刮印記，因為走過許多路。意識之中，在旅館狹窄的電視與床腳之間，行李箱勉強展開至一百五十度，夾鏈袋裡的牙刷牙膏帶著濕氣，捲成細卷以節省空間的待洗的衣物，被展開堆疊，連帶著沒有著身過的背心、短袖上衣也一起取出。

倒入洗衣精，在泡沫與水流中被舒展與流轉，像是洗衣精廣告那樣，能想見所有纖維中埋藏的汗水、塵沙被水流來回輕撫，被辨識而脫離衣料，裂解成小塊，隨水流被帶走。所有隙縫之中的不安被找著，被阻斷，褪了色的染料能被還原，還原成白是雪色，藍是天藍。最後水蒸氣在滾輪中蒸烘出夢境般的嬰兒香，衣料在翻滾中躍起，畫出弧型，隨著材質伸展出不同的姿態。

水分逐次乾凝，雨霧的氣味、被褥間翻滾的氣味、牽著手的、放開手的氣味，握緊方向盤的氣味，牛仔褲纖維摩擦皮質坐墊的氣味，一層層的如魂魄離開實體。沒有暫生的或是無可排遣的，實體除了存在，此外空無一物，成為最親近膚質的，的某種守護，不再是行李中的累贅。

於是從胸口開始，膚色在水域中逐漸刷淡了色階，溫暖的水色環繞游動的身體，消融所有氣味的產處，血管與胸骨之下有為萬物跳動的根由，皮下紅色的皮層與肌理退去，骨骼與筋脈也越見朦朧。消失中的我，消失的事物究竟往何處，不要緊的，而是感受到消融的同時，身體也同時被引領著擴大，沒有邊際的化為更小的顆粒順水浮沉，穩定的頻率，輕輕推送也催促著，讓人知道有一個長而緩的夢境正在前方，時光將拍打著你，動身前往，將隨之消融也隨之開展。

偶爾我也會想像世界上有那種醫生，擅於款待疲憊的旅人，以一雙能看穿他人的眼望著我問道：「心悸與失眠嗎？」她頓了一頓，再問著：「每夜如此還是偶爾如此？」

「並不很常，但總有一些時候會感覺胸口被勒緊。或是有黑白的夢。」

「你不怕苦吧？」

「當然！」

「是否對什麼過敏？堅果一類？」

「沒有。」

「那好，濃度七十三的巧克力冰淇淋，苦後回甘。冰凍藍莓顆粒與棉花糖減輕夢的重量，核桃與杏仁讓你發笑，起司蛋糕增加心房韌性。記得，品嘗配合數息，下次告訴我你感覺到什麼。」她還要補充：「如果要飲酒就是白蘭地，別忘了撒上糖再點上一把火，那會是藍色的火焰。」

甜膩與芬香的處方籤，幾口冰淇淋作為回歸日常的象徵，疊合回日常的身影，融化使你接近真實，物理性的消逝，摒除了永劫回歸的諭示，自然不再涉足或是膠著在未完的故事之中。

《藍色情挑》結尾，同樣的夜晚，剪接鏡頭拼貼所有角色的臉龐，重新連結影片中許多被茱麗葉畢諾許刻意忽略的重要時刻。藍色光芒的自由與重生，配樂裡的人聲吟唱與單簧管還有整個樂團，最後鏡頭停駐在她的臉龐，她終於緩緩流下第一滴淚水。

原載《印刻文學生活誌》第一九一期

那個戴花札耳飾的少年

一、小神話

那個戴花札耳飾的少年，踏上屬於他的旅程。

旅程中的各種交會，無論是敵是友，也是一種信念的交換或攻防。《鬼滅之刃》用故事指名各人來處。只因從何而來，已諭示我們往何處去。那些視為比生命重要的堅持，是人類向永恆靠近所做的努力，作者以此訴說角色們在精神上如何超越生死，如何有所執著，有所追尋。

當生命目標化約為最精粹，成為人人持之的尋路杖，以對抗人生意義的焦慮，對抗由空虛而來的焦慮，對抗死亡的焦慮。那是支持內在的爐火持續燃燒的能量，它是「終極關懷」，一組關於每個生命的神祕質數。

你看鼓之鬼響凱，敲擊鑲嵌身上的六面鼓，家屋空間便能隨聲翻轉抽換，生前作為作家，他與作品受盡冷待，屈辱的記憶籠罩他，也強化他。渴望被正視的心情如此強烈，直到臨死前炭治郎一句「響凱，你的血鬼術真的很厲害」才得以釋懷，他渴望才華被賞識，渴望向世界喊出的字句，能被他人接收。

看過這部作品，幾週的時間，我亦膠著於一個問題，如此鮮烈的語言形式，對於感受作品的觀眾，帶來何種不同於以往的體驗。大量的角色獨白，道盡所有隱喻、詮釋的角度，彷彿對讀者的一頓搶白，你想得到的，作者都幫你想到了，也說完了。

讀者不再忙著解釋作品，得以更全心的融入其中，順暢的在角色間轉換，暫停思索，只要感受。抹除了觀眾需要跨越、理解的臺階，代換成緩坡，如此觸及年齡層廣，但也壓縮在觀影或閱讀中詮釋的空間，降低玩賞解讀的趣味。

我想到寫下《千面英雄》的神話學家喬瑟夫・坎伯曾經這樣說：「在欠缺一個普遍而有效神話的情況下，我們每個人屬於一座屬於自己私人、未被認可、基本、但隱含強大力量之夢的眾神廟。」各式文本，正在塑造各人心靈的眾神廟，包含形狀某種我們已知，卻不知如何言說的事理；協助你認清某些事物的樣貌，或是自己的面貌；以及作為一種價值的校準。眾神廟也將住著存在於各種載體的神祇，如動漫或電影。

電影中名為魘夢的鬼，引導作夢者進入自我最深切的期盼，在夢中圓夢。炭治郎看見荒廢已久的自家舊宅燃起炊煙，已逝的家人們言笑晏晏，潛意識對於意識的補償，自我療傷。那是夢中的夢，夢中覺察所在之人已不在的夢。當讓最公正的時間在記憶中插足，才得以清除不合理的錯誤。死而復生的家人是合理的，只要沒有炭治郎的存在便是合理的，誤闖夢中的他才是唯一的錯誤。解厄之法是閉上眼睛才能醒來，在夢中死亡，才能於現實重生。

接著在戰鬥中，炭治郎不斷的被牽制，進入夢又登出夢，一次次的拿著刀砍向脖子，沒有絲毫猶豫。最後一次正要揮刀自刎時，被隊友一把拉住，原來此刻是現實，現實的別稱是無可補償的意識。

二、人與非人

當眾惡鬼中，實力堅強、驃悍好戰的猗窩座，紮穩馬步、重心下移，做出左手握拳，右手五指併攏豎起的起手式，出現在無限列車戰場，便將善惡二元的戰鬥推向高峰。電影後半場的焦點，進入更為尖銳的價值標準之爭：鬼與人誰是強者？

「為什麼不當鬼？」猗窩座問實力相當的敵手杏壽郎。

兩人同為頂尖修練者，他自然明白對手難遇，如此火候更難得。雙方酣戰，猗窩座提到，人類無法踏入至高境界的緣故，乃是受身體與生命牽制，虛空有盡，這是人類難以打敗鬼族的根本原因。成為永生不死的鬼類，無止境的向上修練，目睹自我的全盛時期。勢均力敵的雙方便可相互砥礪，不失為知己，成就習武癡人的終極境地，那樣所謂的永生，也才值得寄盼。

身而為鬼，大概也有鬼的寂寞。

《鬼滅之刃》的設定中，成為鬼將能抵擋衰老與死亡，擁有強大的再生能力，食人維生，傷口復原快速，斷肢可增生，但照見陽光便灰飛煙滅，也被抹卻前世愛憎，替以服膺鬼王的執念。

而與之相反的人類，百年一世的血肉之軀，傷口復原慢，斷肢難以再生。受愛憎牽制，沾染各樣情感羈絆，深陷網羅，步履拖沓的在眾神眾鬼的訕笑中與時間抗衡。

但，「衰老、死亡是美好的」杏壽郎說，他有身而為人的驕傲，坦然接受歲月有限，目光總是炯炯。鬼類用意志的退守換取無涯的生命，與不屬於自己的意念，共用一副身體，但能擺脫心智困境，心念一致的投入修練。

成為誰是較好的選擇？

有的鬼羨慕人，那田蜘蛛山之鬼，朦朧的生前記憶，隨著能力的提升日漸凋零，在那田山招來一票鬼魅，家家酒似的扮演著彼此的家人，直到看見炭治郎與禰豆子的兄妹之情，他才明白這是他求索百年的願望。期盼親情羈絆，期盼在包容溫暖的親情中被疼愛，活了幾百年的鬼魅，願望與年齡都停在死前那個渴求親人之愛的孩童時刻。

《鬼滅之刃》中，人與鬼擁有最強烈共鳴的情緒，是恐懼。

人類的恐懼是身處劣勢，還想扭轉全局，明知不可為而為之。深入鬼類具有主場優勢的黑夜，極低勝算的情況下，透過人力屢代投入，尋找鬼類弱點，用犧牲換取經驗。

而鬼的驚懼，有來自於魂飛魄散前，得知永生有盡的驚怖，那是第二次，徹底的，無可逆轉的死亡。另一種恐懼，是當鬼看見人類突破極限，在氣力用盡時，仍有懾人的意志，為了守護他者，而豁出性命的反攻。處於茫昧的時間與狀態裡的鬼物，對於利他與不畏死，難以共感。而人類則以此二者戰勝恐懼。

探問何者為鬼，其實是在反向詢問，「人」究竟是什麼？在人鬼之間，混沌不清的價值觀中給出定義。是意志的可貴嗎？人類竟憑著這無形的意志站立得穩，對峙生離死別的強風！

禰豆子與珠世是其中兩位特別的鬼類，能保有意志。變成鬼的禰豆子因為兄長炭治郎的呼喚，回復人性，以睡眠儲存體力，克制吃人欲望，但智慧與行止有如孩童，部分的自我仍封存靈魂深處。珠世透過改造身體機能，保有為人時的意志，以吸食少量血液維生，以醫生的身分隱居人間，兩百年來貫徹救人與復仇的信念。

若能同時擁有意志與永生，僅有懼怕陽光這項缺點，成為鬼為何從不是劇中人物的選擇？變成更強大的生物。但要冒著心念喪失的風險，或說要冒著成為非人的風險。

人類無法承擔這強大的賭注，因為人類是人類，將意志視為最內裡的核心，不畏生命有窮盡，但怕失去自己。

三、滅鬼與修心

滅鬼之路，大概也是人心投射而出的江湖。

頭戴野豬頭套的伊之助，持鋸齒日輪雙刀，披掛獸皮，首出場時四處劈砍，揮刀無情的模樣，正邪難辨。

我想起《西遊記》的沙僧。

吳承恩寫沙僧「一頭紅燄髮蓬鬆，兩隻圓睛亮似燈。不黑不青藍靛臉，如雷如鼓老龍聲」也是那樣非人非獸，難以歸類，交織魔性與野性。

《西遊記》與《鬼滅之刃》的主要人物，都帶有鮮明的主要特質，排排站開，雖兩組人物無法非常精確的對應（我絕不承認愛哭的唐僧像善逸），但各角色在性格上的互補、合作，及團體任務外的自我成長，都是明確的。說著也有點像綠野仙蹤那各有所求，而合作啟程的一群主角。

我鍾情一種對於《西遊記》的解釋——修心。在撮舉要旨的回目中，孫悟空被稱為「心猿」。明朝萬曆年間的版本《新刻出像官板大字西遊記》，卷首提到《西遊記》有篇失傳的舊序，序中直接點出孫悟空象徵心神，白龍馬象徵馳騁的意念，八戒象徵肝氣之木等，這五位主角象徵一體的人身與心念。而眾妖魔是阻礙修行、顛倒思想的幻想屏障。魔從心生，所謂路遠迢迢的西天取經，其實是暗喻每個人內在的爭戰，直至安頓身心，進而成聖的過程。

如果競爭者不包含天線寶寶，炭治郎大概是史上最溫暖的男主角。電影為我們開展他的潛意識領域，是無垠的天空之鏡，涉過地面淺沼，水面反射薄荷糖顏色的天空，以及無垢的雲朵。電影中他為敵人流淚，與眾鬼在輸贏之外，還寄有對對方深沉的同情。無限列車上，炭治郎被屬反派陣營列車長，以尖錐刺入腹部。生死攸關，他還記著自己不能倒下，擔心「我要是死了，那個人就是殺人凶手了」。

這樣的完美人物設定，並非在旅途中逐漸形塑，而是劇情開場他便有著善良的靈魂，憑著善念權衡事理。稍嫌平面的設定卻不使觀眾反感，《週刊少年 Jump》今年底的人氣投票中，炭治郎比起其他更接地氣的劇中角色，雖無前三，也有第四名。

炭治郎的存在大概是一種良知的隱喻吧！

若勾連《西遊記》的修心說，將《鬼滅之刃》視為一場個人靈性探索的象徵，旅途上聚攏的一行人本是個體內在情智的各種象徵，良知、感性、理性、直覺、我執、過往陰影等，合一抵禦心魔，不受得、失、苦、樂、稱、譏、譭、譽等動搖。從攻伐到凱旋，是一種內在的鍛鍊，鍛鍊是火燒與錘打，情智以成為一體為目標的各種鎔鑄、熔點的調和、延展性的嘗試。

動畫版用四集的長度，敘述炭治郎如何正式成為獵鬼人，從練習，感受體力的增長，以及感官如何愈發敏銳，識別陷阱與暗器，從逃到擋，從被動的接收習武記憶，到讓身體習以為常。

這是我最喜歡的一段，如此迷人，鍛鍊、沉潛、明心見性。隨著主要人物的集結，更多的內在切面被光照見與開發，隨著超越各層迷障，被擦得發亮。

這行人的回程肯定不同於去程。

原載《印刻文學生活誌》第二〇九期

傍晚時刻的迫降

總覺得傍晚是一些騰餘的白日，騰餘的夜晚，像是倒進瓶子裡的補充包，往往有所畸零，只求盡快且奢侈的消耗，最好有如不曾存在。人潮趕忙的腳步中以及回堵的車陣中，慢下腳步的人總有些尷尬。

大風吹，吹傍晚不知道要去哪裡的人。

溢出的時光，明顯的突出時間流動性，空氣會有些溫熱，緩緩鍍上了開灶後，鐵鍋翻炒的鑊氣，以及暖熱的油煙。

剛到這個新市鎮，我在一家補習班租了一間教室，經營自己的班級。補習班二樓以上是住家，房屋中心的天井直貫五樓，透明屋頂被陽光穿過，空氣裡灰塵的稜角接受折射，飄移的路線被照得直白可辨。其中帶有屋子的氣息，略微潮濕的衣櫥，彩色磁磚浴缸水痕乾去的濕涼，傳統日光燈啟動器讓電流穿過時微弱加熱灰塵的味道，濛濛的混成一團不見的霧氣，罩著這棟房子。

我聽過一個故事：每當傍晚，一位住在南投的老先生，想起九二一大地震中失去的妻，看著陰影由門前環山的頂峰，緩慢的，密不透風的像是液體般蔓延，一路淹到他的腳邊。每日的此刻，他總是站在夕陽下的門檻，不知所措。是走進山裡，抑或退進屋內？兩邊或許都有牽制的力量——靠近陰影，或投入燈光之中。但無奈之處在於，結果不會改變，夜晚終將來臨。他往往因此哭了起來。

我也害怕猶疑不決的黃昏，還有夜晚。當所有事物被夜色化約為最簡單的輪廓，同時也昭示所有不可挽回的後果。那些明顯的缺損更顯稜角，長寬框納出個人的邊界，令人看見自己能力所及的最遠，更可恨的是它並不太遠，讓人又認清自己一些。

有時候活著活著就會成為另一種人。

小時候，我總是羨慕其他人對兄弟姐妹能以輩分相稱，雖身為長姐，弟弟妹妹一直是喚我全名，往往後頭再接上一串叫罵或哭喊。

因我是家裡最調皮的孩子。我會偷拈神桌上祭神的熱菜吃；也會在家族列隊舉香祭神時，用線香偷燒大妹髮尾；還會把小妹生日要拿去學校分送的乖乖桶，趁夜偷挖一半出來；教唆弟弟妹妹去爸爸房間偷評量的解答⋯⋯。大姐的身分與責任絲毫不構成限制，弟弟妹妹們可以用糖果餅乾跟我交換身分，我還能意正心誠的稱他們哥哥或姐姐。

寫完作業我總能領著弟弟妹妹們瞎忙，媽媽都說我是「壞鬼帶頭」。某陣子我們小孩迷上烹飪：先是挑選一塊平整的石塊作為砧板，接著便分頭採集蒲公英、鬼針草、野生辣椒、車前草，以及各種不知名的綠芽，四處蒐羅的綠葉及爬藤類小花。分批放上石塊，拿著小石開始敲擊，模仿切菜的樣子，敲出綠汁綠泥放入臉盆備料，根與葉搗成碎塊，混入自來水，便有整個臉盆的湯水。

後來沒有人記得，這盆眾人勞作整個下午的成品，如何被處理掉。但某次我看著浮著樹葉的紫青色湯水，突發奇想拿來寶特瓶，濾掉雜質倒入。穿過鐵皮廠房，以及一架架組裝中，覆著藍色保護膜的排油煙機半成品，來到四合院。這時阿公身著棉製汗衫與短褲，從古檀木眠床睡午覺醒來。

我遞上寶特瓶，深怕話語說服力不足，靈機一動稱：「這是爸爸要我拿來給你的青草茶。」正是燠熱的下午，阿公順手扭開瓶蓋，倒出滿滿一杯，大口喝下，再像座噴水池全部吐出來。

小學五年級父母離異後，再見到阿公便是十多年後，在他車禍後的加護病床前。喪禮上堂姐妹哭得悲戚，我在腦海中翻箱倒櫃，卻遍尋不著對阿公的其他印象。寫這篇文章時，特地向弟弟求證阿公與我的交集，他說：「你們不親，就那件白爛事——你的巫婆湯，用九十九種野草，最後用湯匙攪拌，湯匙也溶掉變成第一百種原料。」

現在的我與小時候的我同聲大笑，一溜煙便衝回房間，歷經整個下午的心神不寧，直到晚上都未被大人處罰時，才知道阿公沒有向爸媽告我的狀。葬禮上，靈堂上的數位相框，映上的阿公照片，兩道粗眉像我。誦經當下，我還在想著，阿公被我捉弄時，沒有生我的氣！

每當夜晚，我總是感受到巨大的疲憊，童年用盡樂觀與朝氣，如今被迫直視自己的黑暗與不完整。這份生命中必然的缺損，在成年前有父母來填補，成年之後或許能以創建新的家庭，來取代空缺，透過多重身分，產生與世界更深刻的連結。只是這些事物並不吸引我，它們的確解決其他人的問題，卻不能為我解答。

缺損與生俱來，柏拉圖的《會飲篇》提到從前人是圓滿的，四手四腳，所以力量強大而自比神祇。最後眾神將驕傲的人類截為兩半，肚臍便是縫口。自覺衰弱缺損的人類，傷口涼颼颼的隱隱作痛。

終於逃不掉，也終究逃不掉的。夜晚無差別的黑暗，象徵那些想逃避修補的關係，或是與所有複雜事物牽扯的關聯。許多寧願遺忘，卻無以迴避的事物，開始與人四目相交；有時飽脹滿腹的不是晚餐，而是堆積一整天的煩悶。大概是那樣的感覺，會沉沉的踩住我的背脊，我提不起任何的力氣來完成臨門一腳的工作，哪怕只是按下郵件發送，或是清洗幾個杯子、收拾背包。只能廢在那裡，像是病人那樣躺著。

我猜想自己潛在的意識，自甘留在幼童的服從期，儘管我更期望自己追求全然自主的生命樣態。夜晚是寫作業、家長簽名的時間，是檢視一日成果的時刻。如今業已成人的我，早早逃出被雙親監控的範疇。成為一位教育者、一位寫字的人，父母予以尊重，帶有信任與善意的給予空間，當然，他們別無選擇。我逐漸成為一個要為自己負上全責的人，不必再向誰交代。

可這樣真是孤單，成為握有權力的最高者，常會擁有身在福中還不知福的孤單。只為自己而活的人，令生活本身就是一種悖論。雖白天難以覺察這種心緒，我奮力的向前衝刺，夜晚則必須反芻這些光明帶來的後座力。面對過往，雖並不為人生中的任何選擇後悔，因如今看來也並未有其他更好的選項，只是，對於所有人事並非毫無虧欠。

我矛盾的夜晚，雖然與埔里老先生的喪偶之痛不同，但那種無所適從的感受，或許更多是同種哲學性的思考，思考著歸屬何在。

獨處是我所專擅的，但黎明前漫長的等待，像是航行到光年外的星球之前那些磨人又孤寂的過渡，似乎不是一事。又不如，穿越問題找出一條可行路徑，或是使自己想些快樂的事吧。為此我曾認真思考，是否真該添購電視及沙發。夜晚啊！那些無力感或許可以在廣告與新聞下消弭，音量與畫面的充塞之下，鼓勵自己逃避雖然無效，但並不可恥。

某個黃昏我站在飲料店的櫃檯前，看著裡面幾個大學生年紀的女孩們，有的人拿著抹布擦拭桌面，有的人用漏勺舀起珍珠、調配飲料，一邊打鬧嘻笑，或是隨著電臺音樂隨口哼著歌。等待飲料的我與她們目光交會，也不禁微笑起來。一個念頭被翻掀開來，我想起了弟弟與妹妹們，如果我們有一家飲料店，賣著讓人滿嘴是糖的飲品，整日這樣打打鬧鬧的生活，像尚未成年而群居的幼獸，無所憂煩的放飛著玩心，該有多好。

會不會繞了那麼一大圈，這才是遠離家人在別處創業的我，真正的夢想呢？我有些遲疑，卻又無法克制的向下浮想，彷彿這一幕真的會實現一樣。

如果可以避開晚上這段時間就好了，我常常這樣想。那些無來由的憂愁在白天可以輕易破解，但夜晚的巫術卻將這小小紙片化為鐵騎讓人棄械投降。直到鬧鐘響起，迷陣失效，我恢復了精神，謹慎規畫當日所有日程，直到晚上又陷落深深的無力感之中，在相連的每日，經歷無力改變的循環。

所以更多時候只能選擇早睡，只有與床重合才覺得實在。隔天又是新的世界，像是小說中的孩子，在混雜現實與想像的歷程中與惡勢力搏鬥，下一幕他只是睡眼惺忪的醒來，無法確定昨晚的事，是現實或夢境，還是介於兩者。

尤其是早晨五點喝下第一口咖啡，那些陰鬱的氣氛，就這麼被嚴肅又苦澀的口感壓下。手機顯示電池電量已充足，處理晚上擱置的訊息、郵件與桌上堆疊的資料夾，把披散在桌上的衣物，放進洗衣機按下清洗設定。

這也是照顧自己的一種方法吧！家中開始一掃頹廢，連資料夾間的貓毛都被審慎拭淨，子彈整理術、斷捨離、減塑與環保、低糖少油，這些關鍵詞開始了它們的晨間簡報，喚出我人格中積極的那一面，繼續向整個世界，囂張叫陣。

原載《幼獅文藝》第七九一期

鮮花易碎

疫情期間，附近的花店每週為顧客搭配一組花材，宅配到府。剪枝汲水插瓶，靜置在空教室的課桌上，有時候到醫院為喉炎複診，也不忘挑幾枝鮮黃色跳舞蘭。對著電腦視訊上課，除了看見螢幕中的學生，還會由餘光裡，看見花朵在寂美中盛放。

由此認識許多未聞的花名：珍妮白桔梗、庭園法式第戎玫瑰、吊鐘百合桔、小欏柳、小飛燕草、符號金玫瑰、泡盛、蔓荊，那樣美好的名字，彷彿一眾纖纖女子。

切花插枝，期限多則兩週，短則數日。

花期雖然不長，但花在走著花的時間。

從種子落土，五個月的榮枯期若換算人類百年為計的一生，一眨眼，吊鐘百合桔的月亮便繞行一週太陽，小飛燕草的月亮霎時出現，由缺至滿至缺的一閃，像月亮煙火，來不及抬頭望。

凝望瓶中花朵的時候，蔓荊的月亮便能掛上天空，桔梗看向我的時候，我們的花期都能走得慢一些。

視線再放遠一些，便得以看見對街高聳的旅館總有幾扇亮著燈的窗，原以為是疫情期間，期望營造穩定住房率的錯覺，又或者懼怕設備因擱置而老舊，輪替著點著燈測試室內的機芯運作。

後來才知道旅館早已轉作防疫用途，那些點著的燈意味著一位一位單枝插瓶的人，窗外望出的這頭，林立的樓房灰白參差，少了平日繁華若市的燈光，像融冰中的濃茶，微苦又冷靜。

上個冬天我等待著三種花，金合歡、白頭翁、鈴蘭，最後我只遇見金合歡。

上個冬天我等待一個故事，最後無所著落。

雖然知道期待本身並不意味著任何現實，即便我已預設鈴蘭價格必定高昂，卻在得知必須以批為單位購置，才知道不可能靠著一己之力去試著擁有。而在購訂花束的前晚，花商告訴我這批白頭翁並不會如我所預期，以紫茶色漸次層遞，而是染得更深，接近布朗尼色，我失望的臨時更換了花材。也明白，下次再度購花，早已錯過白頭翁的花期。

停頓的城市，視訊的手機螢幕映著對方的臉，我們將手機側放在枕頭上，相對而臥的晏晏傻笑，兩個空間被收攏捏塑成團。當能說的話言都用盡，我們只是那樣無聲的透過眉眼聆聽對方，神色之間的溫度與預兆，若有所思的靜謐，那些相較於語氣更傳神的訊息。

打開寫著「鮮花易碎　小心輕放」的花箱，迤邐著成串流金般的絨球，絨球上滿布的鳌米花苞一齊燦放，羽葉形的細密銀葉，精巧的鑲縫猶如以鑷子細工連綴，那是如何能成就的細緻造物！

我剪開玻璃紙解開綑綁的繩結，一路安置了紫鳶尾、桔梗，直至金合歡，對著玻璃花瓶，修剪細枝，嘗試將三兩簇花枝反覆層疊。如完成制式工作，趕忙著將混亂的幾束切花，在醒花後重新安頓，納入自我生活的節奏裡。

沉浸在修剪的機械工作之中，再抬頭，羽狀的細葉如大雨中的鳥翅，在幾秒前頹喪的垂落，我深切的被嚇了一跳，雖知此作用有其物理，一如光合作用那樣的預設於植物基因中。但幾秒間合攏的細小葉片，卻使我從機械性的工作中醒來，花用最直觀的現象提醒我，直面眼前的活物，切莫忘記她也正在生存、正在呼吸，值得待之以面對生命的謹慎。

晚上更衣時，往氣窗一瞥看見遠方防疫旅館的燈光，我下意識的側過身，閃至窗戶之後。手機螢幕在黑暗中亮起，黑色的新細明體寫在白色的背景上，像少了人車的街道一樣乾淨。網路新聞裡香港的反送中運動正在催淚彈與煙硝中，疼痛隔著螢幕或千里之外的空氣吹過海峽。

這一切，整個世界包含我們，是否正處於某種程式設定的謬誤之中？是否明天醒來所有未如願的都能被還原？

時間用以框限所有，而時間本身卻如此唯心難以測定。我曾好奇生日的意思，我窮盡語詞與巨人們解釋，如果用不同的曆法來計算，生日就不是今年的這天了嗎？而如果將閏月與計算偏差加以考量，會不會每年生日存在著實際誤差，可能是前一天，或是後一天？由此我們離真正的生日一年比一年更遠。

且每一年的那天皆以生日稱之，但這一天怎麼會像出生的那一天？執著於某年某日的重大意義，追想自我生命的起源，隨意卻無法真正泰然的隨意，無法直面這樣簡化記憶的把戲，使之確切成為象徵。

除非如外公外婆每次舉杯，我們都會笑著問：「慶祝什麼？」他們會促狹亂答：「生日快樂！」如今儘管長大，我與弟弟妹妹陪他們在用餐後舉杯，大家也一起喊：「生日快樂！」幽默生活裡，實則每日皆非的unbirthday。

轉瞬消逝的種種，一絲一毫都難以被替代、被紀念。

後來再聯絡上，我們都不是從前的我們。拗不過你的要求，我按下視訊的開關，再次隔著螢幕相見，儘管聊著的是嚴肅的計畫與展望，眼眶還是會滿出不合情境的眼淚來。

我不要緊，這只是過程，我這麼說。我們都是在混沌於無序之中，認知身為人類的極限與功能，我只是還需要一些時間去平復心裡的遺憾，若能忽視這些不小心掉下來的眼淚，我們依然可以如常的繼續話題，儘管眼淚不在意志能夠駕馭的範圍之內，但另一部分的理智中，我仍然希望可以好好的聽你說，好好的思考你的話。

直至提筆落定，重新整理這些文字，有些花名已忘了對應的形貌。我忘記了她們的樣子，然而又該何從記得她們的樣子？

如今那在我眼前展開的，隨時序綻放的那朵花，不會是google來的或圖鑑上的那朵，即使只有在顯微鏡下才得以辨識的差異，可那確切並非是我所凝視過的花朵與枝葉。

在我眼中的花朵是以眾相被記憶嗎？色澤形貌吃水習性，因難以細別而由個體被畫歸為一，成為腦內屏幕中一個可供調閱的檔案資料。這樣略覽與簡化的觀看與凝視本身，正為天文學家與常人觀看天幕的差異吧！

眾星投射於畫布，如沾水的畫筆一甩，點狀羅布的散漫於夜空，眾星如同一顆星的無性繁殖、機械化的複製，從星星到星星s，加諸s聊表單複區別。而星相學家按下發言鈕，搶過話筒說不是的，這顆是獵戶座腰帶上最閃亮的寶石，少了它獵戶座將拒絕張弓；那顆為迷失者指路，在聖誕樹上高掛樹梢；更遠那顆在視域之外正以未可知的引力，如操控提線木偶般，調控數顆新星的航向。我們為天文望遠鏡上，任何一顆消失的星星感到焦慮莫名，為觀測到的無名星系無端歡喜，天文學家還說。

他們說我們別管小王子的那顆行星了，我說我們別管小王子的那朵玫瑰了。

「他們被說得太多了。」

「是的，宇宙的星與花還有無數。」

注視眼前的花朵，用文字為其素描。香豌豆六角柱形的細莖，花瓣預留縫份壓出摺痕，如翩飛的裙襬，翩舞的蝶翼，半透明的花瓣滿布維管束，深色的縱走痕跡彷彿靜脈。維管束山形相疊，輸運藍顏色至瓣緣，隨著緩慢的凋逝，瓣上隱隱約約浮現褐色枯斑，原有的顏色往葉緣越撤越遠，翩飛的藍蝴蝶慢慢變成一隻疲憊白蝴蝶。而顏色竟如香氣，愈發流瀉消散，花的特質漸次抖落，卻寫實得越來越像一隻停佇的蝴蝶，下秒振翅欲飛。

今日知名的花朵，或許在明日被我忘記，再次翻讀大概像是讀著一部滿布水韻的《山海經》。香豌豆化花為蝶的神話，一朵花綻放的極限，標誌著身為一朵又一朵的時間。

常常，該走的方向都是相反的，不合心意的路途才是終途，因此我們發明了大量的語詞訴說與掩藏。

我想念你，意味著你不在我身邊；但願長久，意味著長久只能存續於想像之中；我向你走去，意味著你並未向我走來；轉身之後我才明白，意味著當下的我如此虛擲揮霍。我識得藏縫在字面之後的暗語，一如識得花瓣之下藏存的時間。

如果一朵花是一句話，那定是無數句相異甚至矛盾悖反，單獨成立的每一句，也是最溫雅卻最坦率的每一句，無聲且堅定的震盪出人類無從感受的頻率，一聲聲如相雜相擾的波紋。當她們開口，彷彿未曾想過有消亡的一日，如盛開時未想過凋零，那樣淨簡無我的填實分分秒秒。

當覺得這個世界有一點隔、有一點遠，彷彿是某種真實的贗品時，花朵如同路徑裡的腳印，供迷失者亦步亦趨。贗品之外那供其仿效的真實，時刻變動的形貌，透過被捕捉、被錨定與個人的感知相聚，從漂浮中，將人拉回地表。

強健的花莖上，綴滿十幾朵綠白心的東亞蘭，中性的淺綠色，雄健的五瓣花瓣，未開時如核果，開放時彷彿掌心，呵護其中如階梯與殿堂布局的小小腔室，結構井然且人跡未至的聖殿，以細微精巧支撐其神聖，讓目光僅能在入口處徘徊。

單瓣紫桔梗，亮紫色飽和花瓣，鮮黃色圓點花心，是一捧比單支還好看的花，單支在群體裡各有姿態，偏偏單看卻容易忽略細微的角度與幅度的區隔，恰好是整捧花才能從合而不群之間，辨識差異的刻度。鳶尾繁複的翻摺，奇詭的靛紫再鑲上燒熔似的油黃，散射狀的花脈，如含蓄的光芒。

花能捕捉真實，擺脫虛無的狀態，一句話的萎謝與消逝，同是展現著效期與時限，總結當前實際可捕捉的細節，依此引導出結論。耽溺此際，而並未考量本質或者發話者的變異性，真誠的展示此刻，即便此刻話音剛落便已煙逝，花朵她們走得不遠，但也未曾想走遠。

此刻的此刻，是國王派出多少方士，跋涉多少異域，都無法取得的透明花瓣。或許真正的智慧，是每一面的待人待物皆如初見，想見在時光流動中的淘洗與抗爭，細微或重大的因素，造就而成每個注視當下，相對於自己，如此不同的他者，並且用更深入的眼光看見，比諸外觀更為顯著的內在的相異。

不依循觀念或猜想的，將印象滌洗成一張白紙，留待每次的重新塗畫，出自於對時間本身的敬重，對活物本身的敬重。

或許，人際之間最大的恩典並非被記憶，而是被遺忘。我們難以定論如何認識某物或某人，認識並非是完成後的提取與回顧，而是一種行進狀態。或許將能隨時間一路行進至更深刻或更遙遠，直至對方離開你的人生版圖，甚至離開屬於他的軀殼都不會停止。

「認識」隨著新的理解方式或更多細節的掌握，甚至是一閃而過的直覺而發生改動，不曾停歇。我與許多人僅有一面之緣，卻直至今日都還在認識他們。

那麼，請忘記我。請注視我。請相信句號之後一無所有。

每次的交會，意味著與從前不同的彼此，開展無限可能的牽繫，我是你的敵人、我是你的友伴、是叛逃者、是師友、是異端、是破壞者、是羊群、是牧人，可能愛恨深切，可能愛恨分明，或許各自無擾。

如果你願意忘記我，那麼我也將允諾你，不視你為叢花中的一枝，忘卻你的品種與從屬，如新生兒那樣用清澈的眼光，拋卻所有好壞的過往，注視你的面容，為你設計新的詞語，設計與眾不同的使用說明，注視那樣時刻嶄新的你。

匆匆踩過階梯下樓，我花了幾天期待的花材正在門外。接過貨運送至的大理花與鬱金香，我拆剪著膠帶、清洗花器，一陣忙活後，發了訊息詢問花商，此批花卉養護的方法，對方簡單回道：「你的花選得比較細膩，風不要直吹。」

我逕自解讀成，細膩的東西，往往風一吹，輕易就散了。

遲來的蜂群

往往需要很長一段時間，才能回過神來，在那些雜沓的人群裡，找到當時的自己。那樣好的盛放青春，我注視著同學們靈思與機警，想像他們未來將寫出哪些文字，將會以什麼樣的姿態被讀者記憶。當時的自己，舊照片連帶的舊手機，以及關於校園生活的零星記憶，可供回溯的物件，連同親情一起被我遺放在舊的居所。我快要記不得自己當時的樣子。

當眾人的宇宙正在生成，我的世界就那樣停了下來，如同現下書寫著那段時光，便快要失去對文字熟悉的手感那般。與母親在焦慮與依附之間的極端關係而惶惶不安，相關的時空與畫面被切割成零碎的片段，焦距是模糊的，如同雨後林間的霧氣，使我看自己、看他人都只是依稀的印象。

大一時中文系辦了第一屆的文藝營，我從評審陳芳明老師手中，接下小說首獎的獎狀，還有一支要環抱才抱得住的鉛筆造型獎座，散文首獎則是大二的富閔學長。系辦的素華姐還送了我一本小說，告訴我這是她最近讀完覺得十分好看的作品，題了字，祝福我的文學之路。當時有著那樣的感覺：好像可以一直這麼寫下去，而且也不孤單，大家都在敲擊著鍵盤。包子、富閔、閎立、徹俐、亞妮、莫澄等人，我們在課堂上將文字投映在螢幕上，彼此指畫點評著，芬伶老師總是會拿出寫作中的稿件，談論她的寫作與寫作日程規畫，談論自我的生命，她挖剖自我比我們還絕還深。當時的我與同學們讀著老師一本一本的著作初始，如今想來也是讀著各自初始的模樣。

尋常下課後，我紮起馬尾穿上圍裙，在藝術街商圈的咖啡廳打工，站在木櫃旁，在充滿咖啡、烤麵包、牛排餐香氣的室內，望向門前斜坡往來的腳步。為客人點餐，收拾人走茶涼的桌面，忍著小腿因久站而傳來的痠麻感，我彷彿售出了自己的時間，成為透明的旁觀者，旁觀各種排列順序的年齡、性別，在不同時間坐上同樣的桌椅。看著內場學姐將切片的奇異果、蘋果、柳橙，次序擺入緊靠杯壁，再注入鳳梨熬成的水果茶；依著配方調製香草麵糊，烤成格子鬆餅再放上冰淇淋，淋上巧克力，最後放上一顆染色櫻桃。

慢熱的我只是安靜的，有時想著自己的事，有時候數算著下班時間，有時接收著各樣細微的訊息，各人手勢與指甲的顏色，暗紅桌旗上的麵包屑，沙拉吧上逐漸失去水分的苜蓿芽……無意間向外張望的目光，也看見許多因果正在生發。

餐廳經理是老闆的么弟，某日突然消失了，留下錯愕的妻子與孩子，沒有任何人知道他去了哪裡，老闆急得流淚打電話找人。晚上我從客人桌上端回不夠熟的肋眼；我聽說學姐與男友分手；也學著用白醋加水燙過每副杯具，讓它們常保白皙。某次廚房阿姨拿著一壺紫羅蘭花茶，告訴我，待會送往客人桌上時，仔細看，花茶會從藍色慢慢轉為褐色。三天後，兩封信寄到了，一封給老闆，一封則是詳載所有餐廳內外場的工作細目，那是經理寫給未來接替他的應徵者。打烊後的清掃時我拍拍每張靠枕，拍鬆被擠壓的枕心，換面置回。而在重複機械性工作中，也有一種不亞於精神世界，單純來自勞動生發的輕快節奏感。夜晚，喧鬧的備料與打理之後，循環播放的音樂會響起，營業如常，像是搬演著某一幕戲劇。

而後也曾在義大利麵餐廳打工，小小的邊角店一位難求，開店前的要事，是先將剛燙熟的義大利麵，過過冷水、抓取分裝。短暫的時間段落，卻能明顯感受到，麵條的水分正循序溢失，最後剩下一半的麵條，需要加入少量的水才得以拌開，我感覺到了那種發散又失序的流速。

店內的濃湯一至日有不同的口味，番茄濃湯、海鮮濃湯或是花椰菜濃湯等，偶爾我也看見顧客努力的將湯勺埋入湯鍋底部，有次序的晃動，希望撈起更多的德式香腸；但店內另一角，另一個客人正以嫌惡的臉，將湯碗中的香腸撈出。我那時候想，世間的分配有時候像這樣，想要的得不到，不想要的東西如影隨行。

老闆夫婦都是極其安靜的人，餐廳極少公休，我看過他們晚餐啃個麵包，中午將店內桌椅排一排小寐一下，晚上忙完加上打烊刷洗又是十一二點。我想他們可能有個夢想吧，不然何以這樣機械似的度過每一天呢？在畢業幾年之後，他們頂下對街空地的一座透明餐廳，義大利麵店從此寬敞了起來，一次我與妹妹去吃飯，老闆娘還記得我。而爾後，餐廳卻戲劇化的失卻了客人，寂寥的空桌椅，不復從前排隊的熱鬧。又過了一陣子，那家餐廳又貼上了待租的牌子，我再也沒有見過老闆夫妻了。

我只是觀望，平視著同一時刻之中，各種不同的樣態與選擇，世界正輸予我龐大的細節與訊息，人群的交會配上隨機性，衍伸而出的樹狀圖，與意料之內或意料之外的發展……且這些人，那些人，他們並不閱讀，並不文學，但也並不孤獨。

擁有文學的人生與沒有文學的人生，差別在何處呢？寫作也偶爾使我感到汗顏，彷彿擁有一項太奢侈的事物，命太好，對不起那些為了生活奔忙的人。關於寫作，關於寫作者被理解與溝通的想像，曾令我為此困惑，文字為誰又為何而寫，除去這些文字，世界是否波紋不驚？生活有時向我掀開了一角，我多麼渴望整個人藏身其中。下筆之前，彷彿先要一一回答來自周遭的質疑，而那份質疑來自於我的想像，對於我與世界的距離之假想，那時，文學早早的敗下陣來。

我並不曉得，在很多很多年之後，我才能開始清清喉嚨，用自己的聲音，試著回答整個世界。第一本書出版時，有個夜晚我在瑯嬛書屋舉行發表會，當晚下起了暴雨，街上又更冷清了。那晚只有我與書店老闆、出版社行銷與她的朋友，聽者講者個位數的人數。那極具象徵的圖樣，讓我突然明白，文學與創作，正像是在一個雨夜有光的小屋裡，少數的人，有的人張口發聲，說給懂得的人聽。

大學時期我在創作文類之間游移，從小累積至今對他者貧乏的觀察，在小說寫作中逐漸用盡；散文寫作卻又難以施力，尚未成形的生命圖像，我沒有指認的能力，更沒有指認的勇氣。創作對我而言難以捉摸，老師總是鼓勵我，說我是能寫的人，但我想是她錯看了。大四開始，我不再選修創作課程，避著老師，焦躁與困境裡，前方彷彿有些路徑，卻是校園中那種鮮為人知的小徑那樣曲折，我將重心轉移到課業上衝刺，而第一名畢業的那個畢業典禮我卻也沒有參加，因為不曉得自己要什麼，而自己又是什麼，爾後是與家庭決裂、到彰化念碩士班、屢次搬遷、到臺北創業，那些混亂的流速裡，每天的日子都在快轉與重複，我只記得這些，但大概也就是全部了。

那些轉速正常，可供回顧，無雜訊、無消磁的記憶都與文學有關，幾年的時間裡，有時候是我找到老師，有時候是她找到我。見面時老師總會問我，在寫文章了嗎？「我還不知道要怎麼寫出我與家人的事。」那可以先寫別的呀！「但不先寫完這個，我沒辦法寫其他的。」不僅是寫作，連生活都是一種凝滯狀態，片段如此，長幅如此。

很長一段時間，我無法讀字，翻開任何書本，那些字裡行間屬於創作者個人花香基調從書頁間飄散上來，同時想要書寫卻無法如願的焦慮襲來，我只能狼狽的闔起書冊，覺得慚愧難當。同學們陸續在創作上有所斬獲，我想我至少能夠成為一個好讀者，後來證明連閱讀這樣一百八十度的開展，對於一個翅膀還濕答答滴著水的人，也是難事。

後來一次，老師聽說了我的情況，她正色告訴我：「不寫沒關係的，先要好好的生活下去，先讓自己好起來。」那時我已經離開大肚山好幾年。

書寫的勇氣與嘗試，久久便會明滅閃動。幾年後提筆，書寫與母親的矛盾與掙扎，中興湖的決審會上，看著自己的作品並未進入最終的討論，本想先行離開，但還是強迫自己坐著聽完。評選進入最後階段，陳克華老師開口推薦我的作品，唸起其中的文句：「無論是從前或現在，你總習慣仰望公寓高樓的燈光，只要窗戶流瀉出暖黃色的燈光，便相信那扇窗之後有著一個幸福的家庭，從此以後世界上暖光滿盈的窗戶少了一扇。」類似這樣的句子，那散文的名稱便是〈鵝黃色的光〉，接著他哭了起來，他說擁有真實經驗的人，才能書寫生命的艱難之處，他知道這是真的。我仍保有那場決審會的錄音，但一直沒有勇氣回放。會後我傳簡訊告訴老師這些，老師回傳，她在電話那頭也哭了。

東海對我而言並不只是那些不可多得的風物地景，卻是一種更加難以言說的情懷。走出校門，我才真正踏上文理大道，也才真正走入我的路思義教堂。

伽達默爾曾經說過，個體生命與世界之間既是走向合併，也是走向分化。與我聯繫的世界或說異己，既滋養了我，也使我得以索驥、尋找，區分相異於他者的自己，在他者中看見自我；也區分我的意識，以及作為知識的對象。最終，透過梳理、編織異己者與己合流。這樣的過程之中我用了更多的時間來觀望，來擱置。如今也才讀懂楊牧在《奇萊前書》裡所說：「許多不同的因素塑就一個他，而他果然與我相異，那些因素是當時，也是日後，造成我們對人世間凡事迎拒不一的力，那些因素在他，在我，都來自於血氣，性情，感受，經驗，原是不可強求不可諉避的。」這一來一往，我多走了十年，從觀望他人，到面對自身。

雖然胸口還有潮水漫過的痕跡，滿腔室的汙泥，還有整日被各種情緒闖入、擠壓的肌肉記憶。但關於時光不一的流速，我得以較淡然處之，十年後芬伶老師為校外學生開展的讀書會中，我重新展開了自我的書寫，也重新走入東海。在老師家中，我像十年前那樣，交託自己的文字，看見同學們盛放的青春。

曾有三個月的時間，腦海中所有擱置的感受被重新串連，上班、吃飯、睡覺之外，我忙碌的敲擊出十年以來沒有說的話，一點都不疲倦。寫稿的日子，我放任蜂群飛舞，這樣矛盾的事物，帶著溫柔絨毛又戴著刺，有著晝夜二分的色彩，螫人也能釀蜜。取自草原上不知名的花朵，造出陽光下閃爍的雨露，成為茶餘飯後的小小收束。夢魘是我，安歇是我，寥落是我，想望是我，玻璃罐裡的驚喜，人們說不能沒有愛情與麵包，他們不說不能沒有蜂蜜。但是他們也知道當蜜蜂消失，生態系統將覆滅。連帶著整個（我的）世界。

書寫在持續，創作也在持續，我更喜歡「創作」這個詞，它讓藝術表現回歸初始，創作核心不在表現手法或載體，而是創作的本質。觀看金工跟製陶，都看到創作裡面很珍貴的細節。也提醒我還有很多可以選擇的路徑，只是我沒有那麼選，但是我可能可以是，可能可以是編織者、陶匠、編劇、甜點師……這麼想使我覺得歡喜。

「我覺得我好起來了。」有一天我終於這樣對老師說，那樣的好，是雖然仍在經歷不可強求不可諉避的血氣，性情，感受，經驗，甚至是遺憾，但仍有餘力透過文字，識得自己的所在，像在那樣的綠蔭校園中，雖然幅地廣大，但不致迷路；縱然迷途，也有人給你指路。那樣的好。

原載《葉過林隙：楊牧和他們的東海》（印刻出版）

水面之下

皮層之下，脂肪如同冰層般增疊，其下的血液與肌肉散發成眾多細小白點，聚合之間，像是慢動作飄散的粉末，風向難辨的讓各處的明暗無法預測。探頭在斑斑的毛肚子上傳送透明無聲的音波，通往阻礙再折返，鋪散成螢幕的黑白畫面。

我與醫生看著螢幕貓咪們的腎臟，看著那些小小的腔室與孔隙，標誌血液流通的小點在閃爍。我想我們那些毛茸茸甜甜軟軟的繽紛日子，終究要敗給這些黑白實像，讓顏色一點一滴被奪走。

另一個房間，陽光照亮了空氣中浮游的灰塵，F在Instagram的限時動態中，用柔軟的手掌穿過虎斑貓的毛皮，貓靜靜的俯臥，她放輕聲音，像個撥開孩子前額髮絲的母親，舒緩溫柔的說：「你要起來了嗎？」幾個日子後，她送走這隻病中的貓咪。在我得知貓咪死訊的時候，想起她們曾有的這個時刻，這個殘忍而且永恆的片段。

那幾日我思索著這樣的問句，如白色的細絨輕撫髮膚，如一只靜置在桌上的紙鶴，細緻而輕巧。當下的F未足以擁有全知的遠望，明白這是與貓兒所剩無幾的明豔顏色，或許她仍私自抱著貓咪康復的期望，或者她舒開緊皺的眉頭，說服自己綻放平靜的心情。在這個小知不及大知的早晨，她擁有片刻停滯的畫面，與貓在陽光裡，忘卻了或未曾想到即將失去她。「你要起來了嗎？」所以她說。

而去年五月，H來我家見見貓們，帶來了一盒寫著日文的寵物腎臟用藥，她聽聞咪咪與斑斑健康檢查時，發現腎臟有些狀況，特地將這盒，她的黃金獵犬Dunkin沒來得及使用到的腎臟藥交到我手上。她如釋重負而舒展的面容，彷彿是道別前，追停遠去的車，終於補上那句來不及說完的話。

白色紙盒印上黑色字體，簡潔又清晰，像死亡一樣。

「說來不怕你笑，當我看見Dunkin整個鼻腔都是鼻涕，呼吸那麼吃力時，我用嘴巴幫他將鼻涕從鼻腔吸出。」像媽媽對嬰兒那樣啊，我說，頓了一下後，想若是我應該也會這樣做。小時候聽聞這樣的舉動感到反胃，因為當時並不明白何為深愛吧！

但Dunkin決絕撇過了頭，有些厭煩的，H說Dunkin就像在告訴她：「這樣可以了，讓我走吧！」

她惦記著自己在Dunkin離開之前的執著，載著他舟車勞頓的求醫，不放棄任何的機會，對於寵物的離世她早有預期，耿耿於懷的是自認在病痛之外頻添苦難，如今湧升了滿溢的虧欠。在深愛中，我們永遠覺得自己做得不夠多。

我不知該如何安慰，因為知道那樣的負疚難以被拆解、磨碎，即便化作再細碎的粉末，也難以被消融，更無法被任何輕若游絲的話語包覆。

當我與醫生一起看著熱感應紙上的驗血數據、病症指數，商量著兩隻貓兒腎臟情況的照護，「你不要哭，你哭了事情也不會更好，你的狀態會影響寵物。」醫生對我說。我看著斑斑咪咪腳上剛剛抽血處的棉球，還有被酒精噴濕方便掃描的亂毛，覺得時間真慢，情緒該往哪裡安放？但貓兒們真可愛，尤其是檢查完之後在貓籠中不甘願的樣子。

為了自己的私欲哭泣是可恥的，尤其是在寵物生病的時候還要對著他們流淚，會讓像小孩子一樣的他們更加困惑吧。平穩與鎮定的修為，果然在這些關鍵時刻能派上用場，希望我也有。

形體會朽壞，時間贈與你成長，贈與你頹敗，真希望自己還能多做什麼加以抗衡。日常苟安太久，因而忘卻來日大難，當晚我疲憊得帶著貓兒們早早就寢。

電影《歲月神偷》裡，祖母告訴男孩：「把心中最喜歡的東西全都存起來，然後全部扔進苦海裡，把苦海填滿，就可以跟親人重逢了。」小男孩丟下了他最寶貴的所有，顏色鮮豔的玩具轉眼沒入水中，水波泛起細微漣漪又復歸平靜，彷彿說著不夠、不夠。

時間長流從宇宙的銀河鋪灑而下，漫過燠熱茂盛的雨林，以及寶藍發光的冰川，淹過每一條靜默或霓虹的街巷。在流中浮沉，有些人事在轉彎的河岸向你襲來，你張開雙臂接納，某個不留神的時刻你也曾鬆開手，眼見彼與此從此殊途，有時被遺落，有時不惜豪賭氣力逆流力挽，有時我們在無可迴避的離散中，反而有一種安然。

微觀之中我們彷彿能夠選擇，選擇接吻的對象，選擇咖啡豆的來處，選擇眼淚為誰而流，但在宏觀下，各樣生命被巨流推動，無可逆的往下游挪移，或早或晚的同歸於盡。

苦海填不滿，用盡所有，也不夠換回所愛。時間不夠，回憶也不夠，一切都太少太短暫，卻不能要得再多。

「下次換我遭遇的時候，希望你們也能陪我。」我想對F與H這麼說。

某次，一位女孩，在下課前偷偷問我：「老師，有機會可以讓我去你家看看貓咪嗎？」打開房門，她雙眼發光的張望那三隻小貓，我教她將手背放置貓咪的面前示意：「可以摸摸你嗎？」讓毛茸茸嗅聞皮膚沾帶的氣息，再用手緩緩撫上他們的額心。

她偶爾伸出手摸摸貓咪，但更多時候她寧願與貓兒對視，像是細視一張未乾的油畫，小心翼翼的喜歡然後欣賞，用眼神來環抱，是她喜歡的方法，就像她向來話不多，卻善於傾聽。

「我曾經有想過要養貓。」她對我說，「但我不知道他們之後如果死掉了，我該怎麼辦。」深愛便要擔上別離之苦，這是等價交換嗎？但哪裡等價了？分明是讓願意給予的人，還要支付更多，是命運的詭計。

最近一直想起二〇〇四年的電影《現在，很想見你》，雨後蔥綠僻靜的林裡，穿著霧藍色雨衣的小男孩與他的父親，再次見到已因病逝世一年的母親澪，六週的雨季裡，澪像是迷失在記憶森林那般，矇朧又踏實的與二人共度，自在又真心感到喜歡。

直到澪意識到自己來自於年少車禍臥床的夢境，透過時空的繞摺，意外涉足往後的歲月，這是未來的她病逝後的世界。她承接了未來自己離世前的誓言：在某個雨季會回來探望。

這是她對未來的初見，一切尚未成形；卻也是丈夫與兒子對她的永別。

雨季過去，少女澪自昏迷中開啟雙眼，因曾窺見時光的流向，出院之後她毫不猶豫的走向所愛之人，走向命運。

即便知道終局，仍欣然參與故事從無至有的生發；即便生命再重來一次，也僅想把握日升月落的尋常片刻。

即便只是微觀的選擇，也仍然是選擇。

即使漣漪淺淺，但還是有傾盡所能的渴望。

「可是我們也都會有死掉的一天，大家早晚都會離開世界的。」我這樣回答那個愛貓的女孩。動物們因著聰慧得以提早結束修行，愚鈍如人類，要以百歲為限在人世歷劫。

但我也記起，許多人在寵物逝世後痛得不敢再想，不敢再養。

F過世的貓，也叫咪咪，與吾貓同名。她親暱的喚我家的咪咪時，我想那親暱的語調，是來自於她日常裡對貓咪千百回的叫喚，從此她喊世上所有咪咪，共振的也是她心底最牽掛的那隻毛茸茸身影。還有一隻離世的貓咪大黑，過了好久好久之後，她才能夠輕微提及，那是她藏得更深的遺憾。

那天我帶著貓兒們從醫院回家，走出外出籠，斑斑咪咪歡喜的在地上翻幾個滾，搖搖擺擺的晃至碗前吃幾口飼料，走一遭貓砂盆，重新沾染上自己熟悉的味道。最後再跳上床，倚著蓬軟的被窩，就像在說著：「啊！還是家裡最好了！」

我用臉頰蹭蹭他們的額頭，將身體重新沾上他們嬰兒般的香氣，蓋過醫院消毒藥水的味道，也想著：「還是我的貓咪最好了！」

雨滴般剔透的電影主題曲，重複迴旋的音符至今仍經常在咖啡館或速食店響起，悠悠緩緩的穿越當年與如今，這個時空裡，太潔淨的純愛電影，篩不盡生活的砂礫。當年男女主角中村獅童與竹內結子，因這部電影相愛而結婚三年，如電影那樣他們也擁有一個小男孩。

當年中村獅童對婚姻不忠導致離婚的消息，使社會譁然，人們意識到某種關於關係的美好期待或許不曾存在，尤其從今以後，人們再也無法說服自己只是未曾或尚未擁有。

電影在離別時分，中村獅童對著竹內結子說：「對不起，我沒能帶給你幸福。」我曾將此視為讖語，為竹內結子不平。

但如今更願意相信這樣的虧負，在實際情況中一定有著更為複雜的歸屬，沒能帶來幸福是雙向的應與答，雙方只能在往後的生命，各自辨識其中的意義，那是一個漫長的過程。而後幾年，傳來竹內結子再婚，再後，便是她於二〇二〇年選擇結束生命的消息。

至今牽繫我的不只是電影，而是電影之外的那些故事，那些人生。

唯一值得安慰的是，無論時間早晚，天下生命終有一樣的去處。

我忍不住想像，當自縊的竹內結子闔上雙眼，或許從前的某個夏天，少女結子正從床上坐起，回憶夢中所見，自己未來將結束在四十歲的記憶與愛欲，仍然篤定珍惜的走向命運。

偶爾望著在黑暗中發光的電腦螢幕，或許另一端正是水面之下，眾生的抵達之謎。在尚未親臨前，我寫下文字向另一端擲出疑問或想像，也在緩步踩踏間逐漸迎上前去，當我們深愛的事物緩緩往那端移動，我們的遷徙之日也將不遠，那是思念的終點，歲月將誠懇歸還帶走的所有，信仰永恆之人不再羞赧。

第〇・五隻貓

拿起梳子，用鼻子輕碰咪咪仰著的頭，從後腦的綿延的細毛以軟梳輕壓，貼合肌膚的起伏直刷至背脊，一邊拿著滾輪黏附被帶出、落下的銀色細毛，我們不時目光交接，她如水滴般弧面明亮的眼睛，徐緩睇上的眼角，紛紛湧現出溫馨與愉悅，其中倒映著我的形象。

記得童年時長輩總交代，不可直視動物的雙眼，因為那是一種無禮的挑釁，意在探測對方虛實。同樣的，別過頭去與目光的迴避則意味著止戰、示弱，以及無意打擾。

我想到房門後的小三花，總在目光與我交接時怯怯轉走，神色看似不只示弱，更像是遇到歹徒時，高舉起空無所有的雙手。

當斑斑第一次卸下武裝，敢於在我眼前袒腹深眠，對於我目光帶有情感的注視，仍時常不明所以的偏頭。

跨越物種進行溝通，關於「眼神是情感的傳遞」這樣的概念，貓兒們是在哪一刻接收理解，進而測試以至認同，逐漸習以為常如同本能那樣應對呢？在人類習得貓語之前，貓們反而先學會了眼神接觸，在倔強驕縱的外表下，他們是否其實正在熟習一種新的溝通方式，萌芽自溝通交流的渴望？從山頂放出手作的流籠，來回的傳遞與交換點什麼，這細緻的體貼多麼值得銘記。

某回出遠門，將貓兒託顧友人早晚餵食陪玩，我回來的當晚咪咪待我親暱如常，充滿信任與安全感，而斑斑則不論如何追在尾巴後輕聲安撫，仍是一副生疏模樣。直至深夜我一再被斑斑搖醒，他不斷將頭趁隙鑽進我半夢半醒間無力的掌心，希望我摸摸他的額頂，他如同湖水一般無邪的眼光，在夐黑的房裡折射出碎鑽般的光點，一邊感受著指尖的溫度與觸撫，一面注視著我，像是問：「你醒醒，看看我可愛嗎？你愛我嗎？我想你。」經過整夜的反覆確認，小斑斑才疲憊慵懶的被我攬著睡著，蜷曲著身體如嬰孩眠。

只有在照片裡，我才有辦法好好的端詳那小貓，淡茶與灰斑紋分布在素白的毛色上，雙眼如鐘乳石岩洞裡蘊藏的潭水一樣碧綠而且深不可測。豎直的雙耳與放大的瞳孔，是跨物種也能明確接收的驚恐表情。那幾日我無法忽視那於肉中扎入的硬刺，書房那扇木門背後，有一個生命靜俟，對我延燒著厭惡與驚懼。

小心車，不要太親人，看到壞人要記得跑，放飯時不要貪玩餓著肚子，跟大家好好相處當個好孩子，只能幫你到這裡了。記得在認養社團，一篇內容大概是這樣寥寥但攸關生死的叮嚀，搭配退縮在籠子角落的布團中，畏懼又瘦弱，比兩隻手掌再大一些的幼貓。

照片裡她看起來想離開囚禁她的鐵籠，又看似不知道能去哪裡。

餵養街貓的善心人士，往往在將街貓誘捕結紮時，利用他們一週的住院恢復期積極尋找認養人，儘管往往只能無奈的將貓放回原棲地。讓貓兒回到族群裡依聲附和，那被直立外星人離地遠運，過上數日如何衣食豐美的生活，又被施以莫名的檢測與詳究再忽的被釋放回原處的傳說。沒有口袋、相機的走獸族，除了一身藥水異味，未能攜回絲毫證明，信者恆信。

與行車高樓共存的人類世，猝然蓋地的高等物種與產物，流浪動物日日面對著鏡宮般錯亂視聽的即刻威脅。意味深長的情感，往往從眼神的交會，讓兩方的觸角彼此纏結。看著小貓懵懂如稚子的眼神，我感染了餵養者的憂心迫切。

回頭看向相倚安眠的咪咪與斑斑，忽然擁有動力將思忖已久的計畫付諸實行：我們一起中途一隻貓咪吧！伙食與醫療尚在負擔範圍內，家中空間也足堪小客人活動，我們可以一次著手一隻貓咪的送養，找尋認養人後，再將資源挪用至下一位需要的貓咪客人身上。

況且，我們已經有過合力送養一隻貓咪的經驗，那隻叫ㄎㄧㄤㄎㄧㄤ的貓，如今成為妹妹家中笑聲與凝聚力的來源，擁有在神明廳走跳的資格，能與列祖列宗的牌位平起平坐、偷喝供佛的水。

那個週日，雙耳豎直弓身戒備的小三花，時時哈氣向後縮退至籠子最邊緣，恨不得能消失的樣子，與拎著提籠的我從高雄回到北部。沿路她直處於緊繃的狀態，一人一貓無從彼此理解，也缺乏長期培養的默契，她只能一切往壞處想，我的安慰聲彷彿也只提醒她處於受制於人的劣勢。

東面的書房有日照微風，這隻發出幼獅吼聲的小三花，暫時被安置其中關籠隔離。依照餵養人教我的方法，在早晚的餵食前最是飢餓的時段，以長匙挖取雞肉泥，戴上烘焙用雙層隔熱手套，防止因抓咬而受傷。再往鐵籠之中置入小紙箱，將小貓限制於狹窄範圍內，集中注意力。

餵食一口雞肉泥，便要戴著隔熱手套撫摸她凌亂的背脊。以連貫的行動告訴她一個可鄙的事實：「你憤怒也無用，如果想要食物（想要活下去），就得接受撫摸，接受我的愛，兩者不拆售。」

異類物種的施予，不明所以又令人充滿懷疑。恐懼的氣息相互感染，來自於在這份強制的支配關係裡，雖然強者與弱者位階如此分明，但我們其實恰如象棋的將與兵，在極端之間相互制衡，因而揣測著、防備著對方的下一步行動。我擔憂她撲跳起來，豁出性命的咬我；她也擔心我義無反顧的撲向她，無從理解自己何以被豢養，或者只是像牲畜一樣待宰未宰。

咪咪與斑斑總與小貓隔著門相互應答，透過嗅得彼此信號，感知對方的存在，估量著異己的力量、健康程度、體型、性別、腳步，配合聽覺加以確認。小貓失措的動作傳遞給我一種迫切明白的語言，她需要同伴。

面對對我無所期待的小貓，我找不到施力處與支點，但更多的是在深淵隨蜘蛛之絲，爭相攀附而上的挫敗記憶，那些在對話過程中細意察覺他人的誤解，在每個意欲移開目光的當下，又忍不住將注意力移轉至對話中繼續談話，以帶有疑惑的期待搜羅更多細節，用以輔助或推翻猜測。下一秒，話題一扭又跳入下一處水域，一句句難以捉摸。那些被擱置的疑慮，在內在深處迴盪靜候著相似的情境再現，一併清算。

不受待見的記憶在隔離小貓的挫折中被擾動，幾天之內旁觀自己的情緒何以如震央往外擴散。萬千世界來自主觀之鏡的映像，個人內核嚴密防守，無人得以涉足之處，破碎的鏡像投射出破碎的視野。在低沉的情緒中，花費了幾日摸索情緒的來由，我知道問題根源一直都不在貓身上。

「不乖就是關到乖，兩年、三年都要狠得下心，讓她知道你才是上帝。」認識的獸醫師半開玩笑的告訴我。我想到奈及利亞操控鬣狗表演的鬣狗人，捕獲鬣狗以後以鞭子與糖果交替施予，擊垮動物又名為野性的生存意志，使鬣狗對於人類敬懼交集。

每當我拿著肉泥與隔熱手套進入書房，那掌握全局可選擇給予或收回的權柄，全然操持這籠中動物的生命。那樣的生殺由我，我想到那些囚禁案件中的地下室與閣樓，想到施暴者與被害人，想到不對等與隱性的暴力。

我與小貓正處於意志力的拉鋸，而我握有絕對的資源能夠與她長期僵持。但即便能成功，她對於我的順從是否來自毫無畏懼的信任，或只是患上斯德哥爾摩症候群那樣，從懼怕中衍生的心理疾患，雖不知是什麼，但絕對不是愛。

儘管世上難過的事之一，是我所珍愛的對象，以為我不愛他。但負罪感一直催促著我，辨明與其他動物生活的意義，我記起自己最大的願望是希望貓幸福快樂與健康，其他的事情都不要緊。

在新舊貓為健康而隔離的七日結束之後，我在心底又拉鋸了兩日，幸福快樂與健康，我想。

即便她的幸福快樂裡沒有我，也要尊重她，她開心才是重要的。可以沒有愛，但不可以沒有尊重，或者，愛與不愛是自己的事，尊重於否則是關係的根本吧！於是打開了她的籠子與書房的門，她一溜煙的衝向在門外等候的斑斑與咪咪，加入貓咪行列之中，不用太久的時間，初見的他們親密得形影不離，這是小貓終於實現的願望吧！我後悔沒有再早兩日放她出來。

對於「寵物」這樣的稱謂多少仍帶著上對下、所有人與被擁有者的誤解，接連使人對於自我所擁有的權力，往專制的方向膨脹。如今更多人以「同伴動物」（animal companion）替代之，我更傾向於這樣的說法，對於其他動物的獨立性較為公道適宜。

小貓取名為茶茶醬，原是希望她如日本幕府時代的茶茶夫人，美得顛倒眾生，更多時候稱她為妹妹。我在自我介紹上總寫著自己伴養二．五隻貓，一開始仍是不確定是否要依循著原先的計畫，為茶茶醬尋找新主人，繼續中途下隻貓咪。而如今看她這麼喜歡與斑斑相處，早已決定與她一起生活，只是無法確定她是否承認我們彼此的伴養關係，權且將她算作是第〇．五隻貓吧！

她喜歡午後窗沿流淌如奶油的陽光，偶爾觀望著我將五指輕拂過斑斑咪咪柔軟如絨布的胸口，一年後她才敢於在房間另一端，側著肚皮淺眠。視斑斑如大哥，恭恭敬敬的跟隨其後，凡事表現出無限崇拜的迷妹模樣。某次不知道從哪裡搜到一個羽毛玩具，她回歸成一個無憂的小孩，滿心歡喜的玩賞它，野獸式的吼叫與跑跳，在半夜吵醒了我與咪咪斑斑。她有一隻最喜歡的小豬娃娃彷彿同伴，常叼著到處走，小豬有時在貓跳臺上，有時落在床底，有時走廊。

冬夜我們齊窩在房間感受暖氣烘騰，在關燈許久，她猜測我入睡之際會輕輕的跳上床腳蹲踞。見到我時她若不是戒備則習慣舔舔嘴，表示想念食物了，快把所有罐頭開開來！進入第三年，我們依舊維持這樣的距離。

當斑斑咪咪被趕進外出籠準備被帶出門看診時，她總一面柔聲安撫籠裡的夥伴，急切的繞著籠子大聲呼叫與我對峙，直到瀕臨她恐懼的底線，那是我們從未有過，最靠近的距離。然後她會據守在門邊，等著我帶貓咪回來，搬著提籠上樓，在樓梯就可以聽見她的罵罵咧咧。在我總想，這種講義氣的貓遇到壞人就糟糕了，就像用小金絲猿可以補到母金絲猿一樣。

斑斑的左眼在流浪時期因細菌感染，被救援時已摘除縫合，留下一道沉睡般的細長疤痕。我對那道曾經攸關性命的傷痕不知如何以對，皮毛內裡是空洞的眼窩還有他流浪時悲戚的故事，憐惜之餘也帶有敬意，不知碰觸是否將使他疼痛，或疑惑那道傷疤是否也適宜投注關懷。

某次他跳至桌前與我齊平，用小掌揉了揉自己左眼的傷疤，用頭撞了撞我的手請我為他抓一抓，尋常如此的撒嬌在我看來像是一個邀請或者要求：「請你摸摸我的傷口，不要忽視它。」我以指腹緩緩順著稻浪般的棕色毛流次次刷過，再輕輕走過四周的斑紋，不忘於他揚起的額頭親了一口，他滿意的跳下桌繼續至跳臺喧鬧。茶茶也時常像斑斑向我撒嬌那樣，對著斑斑磨蹭，他們溫馨的以額頭相抵，彼此忙碌的理毛後靠著對方小歇，或醞釀成一頓玩鬧，相追逐著往哪邊去了。

茶茶的存在不斷教導我，世上總有些力有未逮的遺憾，並非所願皆能得著，並非所有人都會喜歡我，我雖為自己故事中的主角，但可能也是其他故事裡恨不得除之的反派。那些排抵著我的外在種種，亦自有專屬的宇宙，沒有交集，也是一種交集的結果，像從前聽到莫文蔚那早早種在我心底的歌句：「因為你總會提醒過去總不會過去，有種真愛不是我的。」有些事物，永遠不屬於我。

只是有時，我仍會在意茶茶醬心裡是否也有一道不可見卻等待鑲縫的傷疤？尤其我拿著掃把掃起貓砂，她總是縮小瞳孔驚懼閃避。才明白每次拿起長柄梳，咪咪斑斑期待興奮的靠近接受梳理，並非出於本能，而是智性的選擇與長期信任的累積。

幾次不小心踩到他們的尾巴，或失手落了梳子，他們一聲哀號跳開，我追上去自責的賠不是，他們似也明白心意那樣停下腳步，回頭走向我接受擁抱與撫觸。面對大上數倍如巨人的他者，抵抗畏懼與負面的設想，相信彼此無所欺偽，有所縈懷與顧念的返身，對於小小的貓，都是一次次攸關生死的抉擇。

希望她幸福快樂與健康，希望茶茶與全世界的動物都可以幸福快樂與健康。願茶茶能夠明白，她已在一處全然接納她的居處，終有一日確信自己正被寶貝愛惜，早已遠離所有的傷害與飢餓。而那些未可名狀的傷痕，能在溫軟日子的襯墊裡不再受碰撞，受晨光來清創以星夜充填為之金繼，願那些流滲的破口，終有一天，能夠再度盛裝無畏無懼的時光，伴她蹦蹦跳跳。

四弦的獨奏

一、擁抱

展開樂譜，滑過連接的弧線，眼神像是跳石子過溪一樣，踏過音符高下升降的圓點，裙襬沾上稜角激盪而起的水花，穿越五線川流。在特殊音符之上填寫指法，計算兩弦之間的手指走位，依照個別音符的疏與黏，控制手腕換弦的力道。四弦之間的滑行與找音，要在敏捷中帶有如溪水流動那樣的自若。

一個吐納是一句長達數音的樂句而非一個小節，其中有譜曲者的心念，樂音如人，是另外一種寫作帶來的共振。孤獨的人拉奏，孤獨的人閱讀，但其中又涉有一種主與客的喧雜交談，屬於彈奏者與作曲家或讀者與作者古今時間點的交錯，作曲與演奏是一件費時繁浩，無法透過單一心智完成的任務，彈奏者與作曲家想像著彼此，卻又同時擁有無可比擬的個殊體驗。

音樂與文字，皆是降靈之術，起於旋律性的召喚，在音高或抑揚頓挫之間施展，演奏者、作曲者、作者、詮釋者彼此互通，或是身分變換。音符僅作為可見的載體，輸送未可見的信念，傳送作曲者對於自我生命的吟唱甚或是人類之於天地的垂首或挺胸。而演奏是一種辨識與抓取，像是挑選花材，捨去龐雜，依照枝葉特性排列與錯綜，透過花朵顏色與花形找尋相應的襯托，顯見的美令各殊的詮釋同時仍有一種普遍可感的路徑，像莫內的睡蓮，訪者能駐足或者摘取，聞者皆有所得，差別在於多寡。

擦拂空弦Do，以一個四拍啟程，用餘音的震動涵納第二個小節，總感覺一切蓄勢待發，我想到火車的輪軸、蒸汽、朝陽、成列茂盛如火焰的杉樹。震幅由劇烈緩緩延遲，受擾動的空氣在共鳴箱碰撞，流出草寫f開孔，由演奏者的懷抱發出。

由演奏者的懷抱發出，心臟打出的溫暖血液流漫全身，閉上口、閉上眼，琴聲是毫無折損的語言，傳達欲望與想像。我喜歡拉大提琴時，那擁抱的姿態是那樣的寬厚。身體被撐開以包容樂器，無防備的伸展，琴背傾靠，猜疑卸甲，胸懷也一起開展，邁向群眾，漫向演奏空間，或整個地球。琴身隔著胸膛共振，胸骨後心臟被血液包裹，持續的篤篤躍動。大提琴以琴腳插地，生根，從造物重新回返成為一棵年輪生長的樹，開散的枝葉感受陽光與風雨，享盡天地的餘裕。

二、海底與日出

我為Max Richter《舒眠》一曲著迷，演奏過程長達八個小時。

有人說，真正重要的事，並非眼所能見，心所能感。當感官與意識處於安眠，另一種感知逐漸清醒，像是逐漸適應黑暗那般，觀眾以睡眠接通前往樂曲之中的路途，人聲加入吟唱，悠遠得彷彿深海中鯨豚相互呼喚的語言。演奏隨著時間沉緩，展場外圍的都市也進入四顧無人的深夜，像被懷抱的嬰孩輕輕的被拍著背，感受從包巾至衣物如海浪襲來的穩定安慰，攤開掌心暫放手指勾緊的枝椏。細胞悄聲代謝、增生，髮根極緩的抽長，指甲長了一些，種子正在地底抽芽。彷彿人類與植物的意識，滲入表演之中，失眠的人在凌晨坐起，大提琴手換場時喝了咖啡，睡夢中有人翻了個身，有人的低語闖進淺眠者的夢境。

同名紀錄片，記錄現場表演的形式，觀眾以床被環繞中央舞臺，任他們聆聽著進入睡眠。有年邁的白髮夫妻彼此依靠著，情侶併上兩張單人床，有人趴臥著，有人盤腿冥想，演出地點有時在中央公園，或是打烊後的博物館，有一場在海邊的圖書館，海濱拍打的畫面，能透過落地窗往下眺望，夜晚海水則與天色漫成漆黑一片。

「我要建立一套直率的語言。」Max Richter說，音樂連結已發生與存在於構思中等待成真的事，在高空稀薄的空氣中撐開四壁，讓聽者的意識在其中浪遊。Richter在音樂前七小時的創作，參考子宮內的音頻譜圖，讓音樂像海潮一樣推送著。睡眠中的聽眾在夢中聽到擺盪的旋律，是否能意識自己在睡前參加了一場音樂會？能否記得身處於夜晚的中央公園裡？又或者順著頻率，回想起在子宮中的夢境？度過在腦波中漂浮的迷幻深夜，緩緩的，隨著天空轉為漿白色，陽光以極小角度畫過樹幹，獨奏的樂器加入了和弦，光鋪漫在聽眾與演奏者的臉龐。漸強的共鳴如日出那樣毫無邪氣，聽眾們逐一張開眼睛，仰望著臺上的演奏，那樣仰望的角度，如同仰望日出。

三、超越語言的事

奇異的既視感，模糊日期的邊界，有時一日長如一週，有時一週短於一瞬。

許多晨起的時刻裡，生活寂靜的機芯用慣性運轉著，清理貓砂、盥洗；為貓咪換飲水機的水，幫自己泡一壺茶；倒下飼料，為自己泡一杯植物蛋白。有那麼一刻會覺得失去時間的邊際，吞下維生素是現在，卻好像不久之前才做過一樣的事，一口一口的嚥下時間感。

如果起得更早些，還有好好調整呼吸的機會，我會拿起那塊墨綠色的松香，來回由弓根擦拭至弓尖，再以刷子輕拂過琴身的各個接點，掃下的灰塵隨晨光搖搖擺擺。

當我需要進入到專屬於寫字那樣，與生活又親又隔的狀態時，往往要抽出喜歡的書，反覆讀著那幾篇幾乎可以背誦的文字，入神的被那些字句一遍又一遍的帶入，好像可以隔著薄紙看見寫作者敲下鍵盤的每個瞬間，在那個早已到訪數次的情境裡面，感受其他創作者文字的溫度，找到自己的燃點。

或者拉琴也可以。擁著琴，下巴慵懶抵著琴身，翻選著譜架上的樂譜。隨著五指之間長出一把弓，連接手指的肌肉纖維與神經，高至低的聲音配合著吐納，高點是吸氣與加大弓速，音量自會隨曲調微調。左手的按弦在幾次練習之後，能夠直覺般的在思緒抵達之前，進入下一個把位或靶位，音符像是弦上不得不發的箭。

拉奏時與自我又親又隔的狀態，在思考與直覺之間，這些時間點被延展，像是一段無人的祕道，不在於前進或是抵達，而是徘徊其中。右肢的臂膀施力帶動著右半部的身體，延伸至用整個身體來拉琴。每次出門轉開門把扭動手腕的角度，行走的肌肉連動，咬珍珠時咀嚼肌帶動鼓動的臉頰，一切的選擇將在細胞留下軌跡，這些串聯起來的紅色肌群，操控著骨架，此刻透過琴弦在發聲。

所有關於形而上的追求都能震盪宇宙背面的波紋，帶來無可觀測的連動，輕拂人類心智的共同集合，調轉翻覆耳目可感的鐵軌高樓機場商場，讓感知凌駕一切之上。有一些超越語言的事，與語言及音符同步生滅，那些靈感、逸思從何而來？身體的記憶何在？如同創作者試圖回應那些困難的問題：如何想到這樣的表現手法？如何如此精到的演奏出曲調的時代精神？只能透過勉強的爬梳、形容，將這些神祕的成果賦予可供複製的配方。但那些神聖如天啟的時光如何發生，或許我們並不知道，像是形成同時即消逝的音符，讓後知後覺的我們不復得路。

四、空弦第一音

曠寂的舞臺上，馬友友將大提琴往左側傾斜，向臺下無一人的觀眾席半身鞠躬，吸氣，拉下低沉穩當的G弦空弦，開始巴哈無伴奏組曲。去年一月我在網上搶著三月的票，票搶到了，但仍然無緣親見馬友友巴哈無伴奏的現場，不久後因冠狀病毒肆虐，演出取消。

可知道？拉出無伴奏的第一個音，右手手臂沉沉的往下頓，配合弓與弦相異的材質彈性，用一股巧勁控制力道，再輕盈的帶起，順勢用剩下的弓幅完成其他更高的音符。

G弦的震盪，那第一個音帶來的震盪，可以維持到樂句完結，因而無伴奏組曲聽起來總像是多把大提琴，同時拉奏多個聲部。

一個人的和聲，孤獨裡的喧囂。

大提琴實在太適合離群者，雙腿一敞一坐，震盪如同漣漪，演奏者投石問路，探問聲波傳遞的消弭與折返，哪些人接收到了訊息，哪些人發出回音？《夢溪筆談》有一個故事，一位啞子被誣陷，無法辯駁，聰明人給了他哨子，審判中他吹著哨子作為表達為自己辯解，化解了冤案。無從言明與改動的現實之中，僅能俯身蹲低，在侷促的空間妥協棲居，琴聲的穿透力與人聲如此接近，你無法忽視演奏者的詰問，至少無法忽視它對於問題本身的詳述。

童年至今，我看著馬友友從黑髮運弓傾訴至白首。

同樣是二〇二〇年，五月某個凌晨，馬友友演出完整巴哈無伴奏向全球直播，在時差下，我神智清明的聽完第一第二號組曲，再艱難的混和著夢境與幻覺聽至第六號最末。隔日想打開重溫，才發現這場演奏無法回放，前晚的舞臺與觀眾席，僅剩無從查找的亂碼網址，果真恍惚如夢。

全球因為疫情所取消的表演場次、相聚，多少懸念氾濫成河，網友提議，不如將二〇二〇年後挪一年，使其空白無名，從歷史上抹去。雖也未嘗不可，但文字之外的表現都會洩漏這個祕密，琴音不像人，它誠實得只會說不會藏。

語言之弱勢，是在於空弦第一音開始之後，所有爭辯都要暫且沉默，隨之震盪，千千靜聽。

原載二〇二一年《幼獅文藝・心樂園專欄》

信仰時間

點起檯燈，在桌前，文件檔案如一條開闊無阻的路徑，我尚未決定要用文字走向何方。

斑斑輕哼一聲就輕躍而上，他一再抬頭望向檯燈傳遞而出的光芒，以鼻頭好奇的貼服著嗅嗅，昂著的頭就那樣暫置半空，眼皮時而被檯燈的溫度與暖黃壓出惺忪的樣子。

比起讀書，我更願意先讀他。纖薄的耳被光霧烘出淡紅，眉骨轉出一個岬角，棕黑與淺灰沿著骨相壓貼靠齊，眉頭上如飛簷翻掀的細毛，在光下被圈畫出斷裂與新長的節點，頸後的細毛染上健康的油光，晨起還來不及梳洗，叢叢逆向側倒，一兩根脫落的貓毛靠倚在表層。

輪廓如宣紙，飽含水分的筆尖一觸碰，纖維綿密的飽脹，向外擴散而泛起毛邊。他隨著窗簾外散漫開來的響聲，直覺轉動耳尖，偶爾像是想起什麼，瞅著透明的空氣凝神捕捉層層擴散而至的氣味或聲波。身後，我的注視環繞著他，如另一層光暈，他信賴的倚重我為他看守後方，由他以麵團般的掌墊，向前翻弄探索，一邊嬌氣輕聲的呼嚕。

試圖將身體探入所有僅能容身的縫隙，撥弄著散置桌前的紙筆，他在妝鏡前坐定。我探過頭去，試圖引導他由鏡前鏡內兩個相同形象的我，辨識出他生而為虎斑貓迷人的小身軀，「你看，是你」我指著鏡子，貓有些心不在焉，我的目光也被鏡中他左眼顯明的傷疤牽引過去。

傷痕比我想像中要長，一直都是這個模樣嗎？幼年流浪街頭因感染而摘除眼球，縫合傷口之後，原先覺得突兀之處，這幾年柔和的與四周的色譜交織，不再像是一塊被鏟去植被的荒地，而是從容的，與他機敏靈動的神色涵容。同時那樣的涵容並不會取代原有的面容，不會取代摘除眼球之前，能用一雙明目展現千萬種情態的時候。

當時的面容與改換後的，以及如今與傷痕更加融洽相容的面貌，彷彿是一種持續的，沉浸其中的連續畫面，置換任何一種都不扞格的斑斑的樣子。意識裡，一艘忒修斯之船緩緩駛來。

航行百年的忒修斯之船，木質零件在朽壞與替換之中被持續翻新，那麼這抽換與填充的過程中，這艘船是否仍能以忒修斯為名？或者以所有被抽取的零件所組織而成的另一艘船，是否也同稱為忒修斯之船呢？

流年能偷換時光，偷換船板，卻偷換不了生命在時光裡綿延的軌跡。忒修斯之船在對其施予關注的人們眼中，才有執著的理由，在不解船隻歷史的旁觀者眼中，僅存有機械性的功能，無須緊貼名稱與根由。

我懷裡的小貓在幾年間所有的細胞，亦將完成新陳代謝的循環，但他仍是唯一一個緊揪著我悲歡心緒的生命，所有時光裡的健康傷病，皆有斑斑為名作為收攝與歸屬。

法國南特皇家豪華劇團，利用人力與液壓、機械裝置加上繩索和滑輪等，操縱高達三層樓的牽線巨人木偶表演。眼球骨碌的移動，臉部肌肉牽引的精巧表情，與呼吸時上下起伏的胸腔，皆來自於繩索與起重機的操控，以及隨侍在側的工作隊伍的合力牽動。

當巨人邁出步伐自腿部關節至腳踝連結腳跟與腳背的細膩運作，是透過三十位左右的工作人員，重複著由高處下躍牽動拉繩，透過重力使巨人踩下腳步。有時是長達一公里半的輪替跳躍，操縱如此一臺巨大的機械。巨人不斷的向前行走，逐漸由器械轉變為生機充盈，感染著拉扯牽線的紅衣小人與道旁的群眾，沉浸在巨人復活的信念中。陌異的他者，在踏實又連續性的行動中被賦予意義，寄予情感。

拉奏著大提琴，音箱流淌的音符如此熾熱又剔透。來自於先前每一次拉奏所添加的柴薪呵護著初學下弓之際，所得著所承續的火種；胸口情緒的純粹，在重複的工序前保有獨特的性質，每一次的生發既是重溫也是新造。衰老與嶄新重合而成的忒修斯之船，非我也是我。

時值今日，我與想念的人們仍然在心底進行未曾間斷的對話，當我嘗試著閱讀過往記憶的頁面與聲音，在意識與無意識相連的海床，看見現實生活有極大的一部分出自於夢境的指畫與折射，知道拉奏的道理並非駕馭一把琴，而是成為一把琴。

只有成為一把大提琴，才會知道琴弦深深嵌進琴橋，將令人屏息皺眉；知道轉動弦軸繃緊弦索是一件違反自然的事。知道悖離愛不自然；走向別離不自然；接受傷害不自然；接受他人成為他們自己是不自然的；接受念想為虛妄也不自然。但所有歷久彌新的震盪，將能持續拉奏出沉穩的、深入內裡的聲線。

知道信仰的對象並非自我，亦並非文字，而是信仰時間。

對於未知的一切保有虔敬，在時光流向裡緊握韁繩，如水流淌的渠道裡，有夢魘、有安歇、有寥落也將有盼望。相信無意義最終會凝聚出意義，無懼於直視變換的面容與傷口，無懼於面對腐朽與更替，相信事事終有各自的歸屬與流向，即便那並非我所嚮往的地方。

原載《幼獅文藝》第八二〇期

後記

屬我的述說

偏著頭別上耳環，拿起透明瓶身的無花果香水點上胸口，我想到品項介紹上說，天頂太陽為地球加熱，使得赤道吹來乾燥的風，帶著樹木與果實的氣味……整日的行走間，乾燥的風帶著隨體溫變化翻移的木質香，剛毅的配合著柔軟草地的氣味，環繞著我的嗅覺。

我今日感到開心，因為我喜歡上了原先因陌生而存疑的無花果香氣，甚至有些執迷。我今日感到開心，因為我跟咖啡店老闆訂購的磅蛋糕，在紙袋裡用出爐的熱氣，熨貼我的膝蓋。我還看到捷運上的人們偷偷尋找奶油香氣的來源，我沒有告訴他們，那是來自我的磅蛋糕。老闆說要再放兩日讓滋味更融合滋潤，一切會更加的好，所以我還有守護蛋糕的任務，這讓我覺得這兩日生活特別有目標。

如果人工智能有覺醒的一天，那將是透過感知而形成的。思考跟感知同樣重要，揭示我的主體性，那麼這些屬於我個人的博物學與歷史學，搭車飲茶，拉琴插花，正是一種屬我的述說，末微小事聚攏而構成了我。

而寫作是一個讓自己的世界，越來越安靜的過程，我喜歡極靜的狀態，文字下的世界安靜極了。安靜讓我得以靠近邊界，詞彙的邊界，靠近以詞彙捕捉剎那的力有未逮。語言的金網篩孔太大，只能一層層、一倍倍的相互疊加使其更加細密，篩過種種雜質以揀選出金沙，因而疊加與迴繞是為了接近，為了承接。

更多的時候，我將目光轉移至網子本身，在動態的篩動與挑揀之外，來回的猶疑，研究存在的現象時，同時想懷疑存在本身。

望去的一切的書本與生活中，詞彙及其象徵都在漂浮，都是複調，都是雙關，我花了許多時間在觀看，來不及說話，重重的掩映之間，有芬芳的天啟，像我最喜歡的《愛麗絲夢遊仙境》。並非在談所有既定詞彙加以化約的關係，而是更想討論對於時間的感知、自我時間的流速，以及如何透過詞彙組織對於世界的理解。

人事時地物也不那麼要緊，像是包裝紙跟羊毛，包裹最容易失真的內核，其中所感知的才是屬我的冶煉。我寫著同時共存的看似衝突卻並不衝突的兩個我，服膺心理狀態的內在時間，以及與外界同步、與他人交涉的，被指針與生理作息所約束的自我。兩個自我都是真實的，微妙的同時成立。

有些時候我感覺整個世界都是新的也是隔的，我也彷彿是第一次使用著這個新的身體，在一切還沒有名字之前，用手去指。

這一篇文字下筆前，真正惦記著是要為上一本書，在書跋誤寫方秋停老師的名字而致歉。方秋停老師是散文家，是我的國中老師，亦是文學啟蒙老師，老師見過我最蒙昧困惑的樣子，至今仍溫柔的用文字與我說話。

前些日子在咖啡廳，我向芬伶老師說，我到現在，仍一直覺得，可以出書就很開心了，因我知道有我愛的人們，會讀我的文字。其他發生什麼事，我都不會難過或過分快樂。

老師說：「要記得這種感覺，這就是你對文學的初衷，心要正，做的事才會對。」

我要記得這種感覺，便珍重的記在這裡。

這本書幾乎是目前的我所有想說的，我覺得很高興，為了可以這樣任性書寫而感激。我的芬伶老師與我的崔崔，讀我愛我，如此被珍惜，我輕輕的屏息與呼吸。嗨，孜孜，我是姨姨。我很高興在這篇文字裡可以放入這麼多明亮的詞彙，我很高興散文能讓我說著「我」，並且重複它們，聚聚散散的說著我的執迷。

九　歌　文　庫　　1　3　7　9

你是盛放煙火，而我是星空

國家圖書館出版品預行編目 (CIP) 資料

你是盛放煙火，而我是星空／張馨潔著 .-- 初版 .-- 臺北市：九歌出版社有限公司，2022.06
面；　公分 . -- (九歌文庫；1379)
ISBN 978-986-450-441-1(平裝)
863.55　　111006106

作　　者——張馨潔
責任編輯——李心柔
創 辦 人——蔡文甫
發 行 人——蔡澤玉
出　　版——九歌出版社有限公司
台北市 105 八德路 3 段 12 巷 57 弄 40 號
電話／02-25776564・傳真／02-25789205
郵政劃撥／0112295-1

九歌文學網　www.chiuko.com.tw

印　　刷——晨捷印製股份有限公司
法律顧問——龍躍天律師 ・ 蕭雄淋律師 ・ 董安丹律師
初　　版——2022 年 6 月
定　　價——300 元
書　　號——F1379
I S B N——978-986-450-441-1
9789864504435（PDF）